Prince of the Jungle

丛 林 王 子

〔法〕勒内·吉约 / 著

汤琳 / 译

重庆出版集团 重庆出版社

图书在版编目（ＣＩＰ）数据

丛林王子 / (法) 勒内·吉约著 ; 汤琳译. -- 重庆：
重庆出版社，2024.8
ISBN 978-7-229-18592-3

Ⅰ.①丛… Ⅱ.①勒… ②汤… Ⅲ.①儿童小说－长
篇小说－法国－现代 Ⅳ.①I565.84

中国国家版本馆CIP数据核字（2024）第076808号

丛林王子

CONGLIN WANGZI

〔法〕勒内·吉约 著　　汤琳 译

责任编辑：周北川
责任校对：刘春莉　何建云
封面设计：李楚侬

重庆出版集团
重庆出版社　出版

重庆市南岸区南滨路 162 号 1 幢　邮政编码：400061　http://www.cqph.com
三河市金泰源印务有限公司
重庆出版集团图书发行有限公司发行
E-MAIL: fxchu@cqph.com　邮购电话：023-61520417
全国新华书店经销

开本：787mm×1092mm　1/16　印张：12.75　字数：160千字
版次：2024 年 9 月第 1 版　印次：2024 年 9 月第 1 次印刷
ISBN 978-7-229-18592-3

定价：32.00 元

如有印装质量问题，请向本集团图书发行有限公司调换：023-61520417

版权所有　侵权必究

"传世动物文学"书系（100卷本）简介

　　动物文学资源丰富多彩，被介绍到中国来的外国作品只是其中很小的一部分。到目前为止，图书市场上没有一套成系统、有规模地囊括世界各国动物文学的书系，"传世动物文学"书系就是要把世界各国优秀的动物文学作品，分批次、成系统地介绍给中国的少年儿童读者，让他们对动物文学的多样化有一个全方位、新鲜的了解。本书系计划出版100本。

　　动物不只是冷漠无情、凶猛好斗，它们也有天真单纯、优雅有趣的一面；我们也能发现它们的灵性与智慧，还可感受到它们友爱的家庭氛围，甚至被它们的自我牺牲精神所震撼。动物的世界是人类世界的缩影，动物的生活和人的现实生活一样，有着悲欢离合的故事，也闪烁着打动人的美德。读每一本书就是在森林里上一堂课，从这些森林课堂里孩子们会懂得许多有关人与自然的道理，明白人和动物不是仇敌，而是平等的灵魂。只有理解、尊重并爱护它们，才不会招致它们的误解，才会得到它们善意的回报。

　　让我们走向大自然，走进神秘的动物世界，近距离了解与我们同一片蓝天、同一个家园的朋友——动物。

译者序

本书作者勒内·吉约（1900—1969）是著名法国儿童文学作家。早年的世界游历和教师工作使他有着丰富的野外历险素材和儿童般观看世界的眼睛。他的第一本儿童读物《象王子萨马》，获得法国少年文学奖。此后，他陆续为少年儿童写了五十多部优秀的小说和童话。因此在1964年勒内·吉约被授予了世界儿童文学最高奖——安徒生奖，他也是迄今为止唯一获得此奖的法国作家（1998年获奖的汤米·温格尔是法国插画家而非儿童文学作家）。

本书以古代印度恒河边的丛林和山野为故事地理背景，讲述了勇猛的王子拉尼在继承父亲王位的过程中所经历的国内的阴谋叛乱、野外的丛林考验以及奋勇抗敌、保家卫国的故事。

依据基昂部落的习俗，如果年轻的拉尼想继承父亲的王位，成为印度最荒凉丛林省份的可汗，他就得和同龄人一起接受丛林三个月的单独考验，尤其是老虎的仪式考验。只有经历丛林的重重考验，最终被老虎选中并和它缔结盟约，人们才推他为王。而拉尼的对手亚辛，在力量和技能上与他不相上下，且受到了势强力大的卡利大祭司的庇护。根据古老的盟约，决定新可汗的是丛林及其中的部落——野牛阿诺亚、黑豹奇吉尔、灰猴子哈努曼、沙伊坦的大象弟兄，尤其是老虎沙卡。拉尼在亚辛的密谋中受伤，且遭背叛遇跟踪，已经来不及在丛林百姓中立足。他必须独自学习法则和正义。年轻的王子熟悉野兽的习性，不仅在猛兽、红蚁出没，随时有生命危险的丛林中生存下来，而且与灰猴、野牛和大象等交上了朋友，最后他救出了老虎沙卡，与它一起出猎，被丛林和基昂部落的人们推为首领。他机智地战胜了大祭司阴谋派来的刺客，还以正直的行为感动了争夺王位的对手亚辛。最后他与同伴、好友率领象群击溃了进犯部落的敌军。

故事不单是一个年轻王子的成长，极为打动人心的还有人们对家国的忠诚，对朋友的挚诚，对丛林动物的真诚，对公正的赤诚。让我们看到阴暗的人性中也有闪光的亮点，邪恶的阴谋也有正义的亮光，同时也看到再温暖的人间情谊也得遵循生老病死、天灾人祸的残忍，再温情的人与动物的共情也要接受物竞天择的残酷。让我们的孩子看到的不完全是一个人与动物的温情童话世界，也不完全是一次为期三个月的惊险刺激的冒险奇遇，而是国度、信仰与我们的个人成长。

相信故事带给你的不仅是紧张刺激，抑或是笑声泪水，更多的是对家国、友谊、公正、人与自然关系的思考。

目录
CONTENTS

一、伊斯帕希尔

拉尼俯身抚摸着伊斯帕希尔的脖子。他的双腿紧挨马儿的腹部两侧，它滚烫的汗水滴在他裸露的大腿上。他抚摸着马儿的前腿，它汗气腾腾，鼻孔里喷着白沫。

"耶嗬，耶嗬，伊斯帕希尔！"

每当这匹黑色的骏马耳边响起激烈战斗的呐喊声时，它的疲倦就立刻消散，新的战斗使它热血沸腾。透过它的肌肤，拉尼能够感觉到它身体的颤动，在这漫长而又奇妙的旅程中，它和他的身体几乎融为一体。

那条能够使他们向高处攀行的令人头晕目眩的小路，现在已了无踪迹。脚下原是一条崎岖不平的石头小路，就像干涸的河床，鹅卵石不时从伊斯帕希尔的蹄子下飞射而出。但现在，这条小路似乎在群山间的迷宫里消失了。

拉尼下了马，让马儿喘口气。每次停下来，他都跪下，看看是否能找到一些蛛丝马迹——一些另一匹马可能留下的蹄印。然

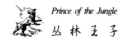

而除了鹅卵石和光滑的岩石脊外，什么痕迹都没有。"但是，"拉尼想，"我肯定是在通往山口的小路上。"

遥远的雪域地平线上，太阳开始照亮曼达拉群山。

再努力一把，男孩就会到达上面的山峰。拉尼再次鞭打伊斯帕希尔爬上了陡峭的斜坡。

"耶嗬！"

马儿往后收拢身子，旋即向前纵身一跃，开始扬蹄飞驰。此刻，它像一个狂奔的恶魔，血管暴凸，似乎就要迸裂。这也感染了它的小骑手。和那匹不知疲倦的马儿一样，一种从未有过的疯狂冲动点燃了拉尼。于是，在陡峭的山坡上马儿跳跃着，一路疾驰。马蹄下，鹅卵石射向空中，落入无底深渊，不闻声响。

最后伊斯帕希尔猛烈一跳，跃过花岗岩巨石，它头向后仰，以防坠落，却差点让小骑手脱缰。它弯曲前腿，在石头上刹住脚。拉尼松开缰绳，从马背上滑下。

男孩俯瞰群山，众山之形已了然于心：深谷穿过广袤的森林一直延伸到卡拉那地区的中心地带。

在敌国边境的关隘高处，拉尼窥探着美丽的那杰拉巴德。对，就是那个不为人知的小镇，敌人的据点。那杰拉巴德矗立在山脉一侧的一座山峰上，四周环绕着巨大的锯齿状城墙，两侧有塔楼，正面有洁白闪光的花岗岩宫殿、尖塔和巨大的方形城堡。

伊斯帕希尔探出头来，伸到男孩的胳膊下。它急切地想要离开，用蹄子刨着地面。

一股细细的血流顺着马儿的左腿淌下来。男孩弯下腰，焦急地摸了摸伤口，幸好只是擦伤。然后，他注意到湿砾石上留下的非常清晰的痕迹——蹄印。另一匹马也曾在这里停留过。

"父亲。"男孩马上想到。

拉尼立刻感到精神一振，所有的疲倦瞬间消散。他简直要高兴得大叫起来了！

经过长途跋涉，拉尼终于找到了他一直找寻的痕迹。他的父亲，基昂部落的大酋长提吉可汗一定骑马到过这里侦察高山隘口，相信总有一天他会带领他的骑兵和大象经过这些地方，攻打那杰拉巴德。

那就是他的征战之时，他的复仇之时！

"快了。"拉尼想。他只有十五岁。但这个被伙伴们称为"丛林王子"的男孩心中只有一个梦想：参加他人生的第一次作战。

是的，他曾央求父亲也带他去侦察敌人的边境。但提吉可汗拒绝了任何护送，甚至拒绝了他忠实侍卫孔的跟随。整整一个星期过去了，在男孩们的大象营里，拉尼听说孔因主人长时间不在而心神不定，坐卧难安，于是派了几队骑兵沿着丛林小径去寻找提吉可汗。

进入丛林！但孔的骑兵是否有足够的胆量，向卡拉那边境挺进，进入敌人严密把守的山区？因为父亲只可能在那里遭遇伏击，拉尼想。

于是，一天晚上，丛林王子向他的朋友拉奥透露了自己的想法后，给伊斯帕希尔套上了马鞍，离开了营地。他骑着马，沿着丛林边缘的小路骑行，来到达拉山脚下。接着，他花了整整两天时间，一直在不见踪迹的岩石中寻找越过隘口的通道。

终于，在这里，就在卡拉那山脉的边缘，他发现了父亲的这

些踪迹。

拉尼毫不费力地认出了马踩过的湿沙砾上的蹄印。提吉可汗骑的那匹马的蹄子比伊斯帕希尔的更宽，马掌也更开。显然，提吉可汗没有从敌人占据的山那边再往下骑。从马蹄印可以看出，他在这里转身再次骑马向基昂部落的平原和丛林走去。

所以拉尼放心了。"现在，"他想，"父亲一定到家了。对，他会着急的，会派人去找我。"

"耶嗬！"

年轻的印度教徒一跃而起，跳上骏马伊斯帕希尔，收紧了缰绳。他不顾危险，光脚策马，催促马儿从山口冲下陡峭的斜坡。隘口的岩石上立刻传出嗒嗒的马蹄声。伊斯帕希尔没有感觉到缰绳的控制，一头扎下了山坡，而拉尼几乎平躺着，头几乎挨到了马背。可怕的滑落之后，骏马加快了速度，从岩壁上飞奔而下，避开了那些令其他骑手跌落的需要突然转弯的泥坑。

拉尼骑马奔出幽僻深谷，来到山脚下。烈日炎炎，炙烤着丛林。终于，马儿放慢了速度。

小径渐渐消失在灌木丛中。现在他必须找到小溪给伊斯帕希尔饮水。不远处一条小路深入竹林和藤蔓丛，路上的草丛被大象和野牛踩得乱七八糟。在进入这片坑坑洼洼的林间空地之前，拉尼必须和伊斯帕希尔聊一聊，安抚安抚它，因为那里的草丛仍然残留着野生动物的气味。

他们来到一个水塘，拉尼骑着伊斯帕希尔踏入塘里，直到水漫过他的脚踝。在水塘边，男孩发现了有人赤脚留下的痕迹。毫无疑问，猎人来这里取过水。可以看到，山脚下他们点燃的篝火

映着天空，在空中升起一层淡淡的烟雾。拉尼没有下马，他弯下腰，摘了几朵睡莲，取出花心的黄色莲子咀嚼着。他捧起水喝了点，又洗了洗额头。短暂的停留使伊斯帕希尔恢复了体力。拉尼带它回到岸边，马儿身上还滴淌着水。他现在想放过这匹骏马，不想让它太辛苦。他知道他可以要求伊斯帕希尔继续赶路。因为只要骑手没有松下缰绳，它就可以数小时平稳地奔跑。

日当正午。如果拉尼从马隆渡口的小路走，抄近路穿过高地，他就有望在天黑前看到营地。

小路的一端消失在高地，另一端一直向下延伸到基昂部落的中心地带，匿迹在丛林边的树荫里。

拉尼到达平原时，夜幕正在降临。这是丛林苏醒的时刻。蓝色猴子飞窜过小路，在高大的天然树拱廊下从一根树枝荡到另一根树枝。沟里一只牛蛙发出低沉洪亮的鸣叫。每天傍晚，蛙鸣一开始，沼泽上空就传来了从稻田飞过的凤头鹤的啼声。

最后一条山谷蜿蜒穿过乱石堆，把拉尼带到了马隆渡口，那里水流湍急。但伊斯帕希尔步履稳健，拉尼放松缰绳让它自由走动。骏马纵身跳跃三次，蹄子轻轻落在光滑的石头上，跨过了湍急的水流。

拉尼没有听到第一支箭的嗖声。

伊斯帕希尔猛地一转，笔直地站了起来，差点把他从马鞍上摔下来。但是拉尼向后滑下马鞍时，双手抓住了马镫绳。他被粗暴地拖在地上，接着他飞快地跳上马背。此时马儿胸膛被箭划破。丛林王子甚至来不及看到躲在路边用树干和树枝铺成的路障后面的骑兵。

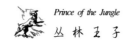

伊斯帕希尔怎么样呢？它的伤口使它发狂：当它全力飞奔时它是否看到了前面的障碍？

以这飞快的速度再前行几步，那匹挣脱缰绳的骏马就会从他下面窜飞，因为当它看到一大堆挡住它去路的树枝时已经来不及了。

拉尼俯卧在马脖上，嘴贴着马耳，伸手去抓嚼子旁飞舞的缰绳，但是根本够不到。

突然，一排箭呼啸而来，伴随着野蛮的呐喊——卡拉那骑兵的战斗呐喊！他们从埋伏着的灌木丛后面涌了上来。

伊斯帕希尔受到惊吓，突然停止了狂奔，蓄势待发准备奋力一跳。拉尼把马镫的锋利边侧当作马鞭，猛击马儿的两侧。骏马发出一声长长的嘶鸣。

"耶嗬！"

纵身一跳，黑马跃过了障碍，落地时它踢飞了树枝。马儿和骑手在地上打个滚儿，迅速站了起来。拉尼紧紧抓住马鬃。耳边箭在呼啸。有四匹马在鞭子的驱赶下，被袭击者的叫喊声刺激起来，猛扑过去追赶黑骏马。伊斯帕希尔呼啸而过。只要它还有一口气，什么也阻挡不了它。

拉尼身后的山地骑手很快就消失了。只有一名骑手策马飞奔，渐渐地赶上来，越靠越近。

他正在超过拉尼。马儿喘着粗气。在他赤裸的双腿之间，满是自己和骏马的汗水。丛林王子感觉到马儿的心脏像有一把铅锤撞击砰砰作响。他再次敦促伊斯帕希尔，大声驱赶它：

"耶嗬！"

追赶的骑手这时离他只有二十多步远。其他人远远落在后面。哎呀！要是伊斯帕希尔没有气喘吁吁就好了！拉尼怒火中烧。

听到主人的声音，这匹勇敢的骏马又做了最后一次冲刺。紧跟着拉尼身后传来了那匹马因卡拉那骑手猛烈鞭打发出狂野而痛苦的喘气声。年轻的印度教徒再也无法加速了。卡拉那骑手正在和他拉近距离。然后，有那么一会儿，两匹同样筋疲力尽的马并肩疾驰。

一道刀光闪来。敌人脚踩马镫，挥舞手中的弯刀，准备起来攻击。

男孩拽了拽伊斯帕希尔的嚼子，骏马几乎跪下了。宽大的刀掠过拉尼的头顶，但没有击中。男孩蜷伏在马背上，松开马镫，手腕向上摆动，准备起跳。马儿站起来，男孩借力跃起。这时若不是另一匹马突然转向，男孩就会跃过伊斯帕希尔的头，跌落到地面。奇迹般的，当他跌落在马背上时，他抓住了比自己还高大的敌人的肩膀。马还在疾驰，而拉尼双臂死死抱住对方。那人扔下武器，拼命挣扎，试图挣脱那令他窒息的手。因为年轻的印度教徒的手正扼住他的喉咙，而且越勒越紧。

"你这只疯狗！"拉尼大叫。

他忍住了怒吼。疼痛迫使他松开手。因为那人狠狠地咬住了拉尼的手腕，在马鞍上扭来扭去，迫使拉尼往后倒向马背。男孩和用鞭子抽打他脸的敌人勇猛搏斗。拉尼感觉自己就要失去平衡，快要倒在地上了。

尽管血模糊了男孩的眼睛，但他还是拔出匕首，摔下时瞅准对方给了一击。刀锋没有击中目标，却划破了马的胁腹。这匹烈

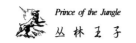

马猛地直立起来，拉尼趁机紧紧抓住敌人油腻的长发，把他也拖了下来。那人一声可怕的喊叫！他的一只脚被自己的马镫绳套住了，那匹脱缰的马立刻开始狂奔，马蹄不停地击打着他的头，拖着他沿着红土小径疾驰而过。

拉尼擦了擦脸上的血。伊斯帕希尔回到主人身边，弯下腰来，伸出大大的黑嘴唇，厚厚的泡沫正从下唇往下淌。

但是现在得赶快！因为在小路的拐弯处，另外三个骑手刚刚出现。纵身一跃，拉尼跳上马鞍，策马离开小径，跃过壕沟，一头扎进了丛林。

天说黑就黑了。卡拉那的骑兵们还在茂密的草丛中挣扎，那里动物足迹纵横交错，最终他们彻底放弃了追捕的念头。

拉尼刚刚发现了一条小溪，他把伊斯帕希尔赶下水。他能听到那些人的叫喊声。他们停下来收拾同伴的尸体，那尸体被脱缰的马甩到了小路旁的斜坡上。男孩把伊斯帕希尔拴好后，悄悄地涉水顺着那条流经小路的小溪前行，慢慢向人群靠近。

透过茂密的树林，他看到一名卡拉那骑手抬起尸体，把它横放在马鞍上，然后上马出发，后面跟着另外两名骑手。他们正在返回曼达拉山的路上。晚上，他们就会通过隘口。

进入狭窄的峡谷后，卡拉那骑手飞奔的马蹄回音渐渐消失了。丛林上空，闷热的黑夜突然活跃起来，风不停地呜咽，不安宁的树木世界畅快地呼吸着。

拉尼回到伊斯帕希尔身旁，解开了它的绳索。然后，他骑马回到小道上，一路来到山脚下。山脚下是一望无垠的大平原。平原上，这条小径经过恒河水域，那里群山巍峨，绵延不绝，一直延伸到远方的一个国家，直到巴拉班乔和锡克教徒的勇士王国。

这里是芦苇和沼泽地的源头，是古老恒河的源头。每天晚上祈祷的时候，基昂部落的所有平民百姓都会来到这里，向溪流中扔花圈。恒河母亲把一切给了人们：她给了人们大米和鱼，这些米和鱼装满了一条条帆船，它们就像稻穗上的谷子一样密密麻麻。

这里是印度最美丽也是最荒凉的省份——基昂部落的。

丛林是老虎沙卡的王国。很久很久以前，基昂部落的第一位酋长与沙卡签订了盟约。沙卡给了人们稻田，也给了他们在丛林中狩猎的权利。从那时起，部落的每一位首领都相继与老虎续签了这一盟约。

拉尼骑着马，畅想着作为酋长的儿子所拥有的美好未来。

在父亲的宫殿里，在众神的祭坛下，有一个镶满宝石的金匣子，里面放着信物，象征着权力。如果丛林里的动物和人认为他配得上的话，提吉可汗就会传位给他，拉尼。这个永恒的信物是一粒白米。一粒谷物，承载着千年的历史，甚至更久。

他沿着山麓疾驰了一会儿。最后，拉尼抬头看了看高耸的山峰。他们走了又走，经过高原和礁岩层，他的营地就在其中一处，离这里还有很长的一段路。在漆黑的前方，拉尼终于看到了他期待的东西：一个火把发出的小小的黄色光点，火光渐渐微弱，然后又在风中闪耀起来。他的朋友们——当然是拉奥，或者是小卡尔基——想到了他，就把这个信号灯挂在瞭望塔的塔顶上，给他指路。

在他面前是陡峭的山坡。在稍低的山坡上，陡峭的小路蜿蜒而上，穿过杂乱的垂直崖壁、岩块剥落的山崖和狭窄得马的两侧

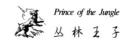

都会剐蹭的通道。

"好了，放松点，伊斯帕希尔。"

伊斯帕希尔知道自己正在向营地前进。

攀爬时，拉尼疲惫不堪，昏昏沉沉。好几次他勒停马儿，特意仔细地倾听周围似真似假的回音。自从离开下面的山谷，拉尼就认为他能听到身后像马蹄一样的声音。这声音每次应和着伊斯帕希尔的蹄声，听起来就像叮当叮当的空马镫发出的声音。

这个隐形者一直与伊斯帕希尔保持着同一步调，他们走它走，他们停它也停。黑骏马也被这匹幽灵马的声音弄得心神不宁；它不安地咬着嚼子，忍住了嘶鸣。要不，山间肯定会回荡起可怕的马的嘶鸣声。

接着，拉尼想到了那匹在丛林中打斗后被遗弃的无人骑的马：也许它在跟着他们？但他记得，卡拉那的那些野蛮人从来不给马钉掌，也不用金属做马镫，只用绳索。

拉尼催促马儿疾驰，爬上岩石的高处，就是小激流的上方，因为他现在可以听到水流湍急的声音。

他已经到达营地。

明天，丛林王子将前往山谷，前往加拉德城，他的父亲提吉可汗肯定已经到了那里。

二、大象营

"亚辛，你会受到惩罚的！"

亚辛的嘴唇只微微颤抖了一下。但当他看着责备他的男孩们时，他昂起了头。在所有的孩子中，他是最高最壮的。他一动不动笔直地站在这一圈蹲在红泥墙旁的男孩中间。这道墙围绕着固定在地上的树干，环绕着营地门口的圆木小"堡垒"。

"当驯象长问你拉尼去了哪里了，"乐队中年龄最小的卡尔基说，"你知道你本应该说些什么。说拉尼到城里，加拉德去了。"

"安静，卡尔基，"阿加尔打断了他的话，"亚辛已经说了事实。"

"是的，我承认了。"亚辛简短地回答，"驯象长本来会很快就注意到拉尼不见了。如果当时拉尼请求准许离开营地去找他父亲，谁会拒绝呢？换我就会这么做。所以驯象长问我，我就没撒谎。我说拉尼带着他的马离开三天了。"

"你一定是怕他出了什么事！"阿加尔冷笑着说。

亚辛没有吭声。

"你没什么要说的吗？你知道拉尼出发前给我们下了命令。他不想让人知道他离开了营地。"

"我不服从拉尼的命令。"亚辛傲慢地说。

"你不服从，是吗？好吧，你应该顶块石头，"阿加尔叫道，"一直顶到你两腿发软为止。"

这是最羞辱人的一种惩罚，用来处罚那些最不听话的奴隶。受罚者必须头顶一块沉重的石头，绕着一棵树走好几个小时，同时双手一直扶着以防石头掉落，而且每走一圈都会被鞭打。水牛皮做的鞭子上面布满锋利的铁钉，能狠狠扎进人的肉里。

"你们都同意吗？"阿加尔问道。

部落的人都默不作声，表示赞同。

"就这么办。"阿加尔说。

"不可！"

所有的目光都转向门口，拉奥刚从马场回来，就停下来听着。

"不，不能这么做。"红发男孩边说边向人群走去。

"他已经承认了。"阿加尔说。

"我听见了，"拉奥说，"那又怎么样？"

"得了吧，拉奥，你肯定不会为他说话吧？"

"不，我要为他说话。我听到亚辛回答驯象长。如果他没有说，我就说了。听到了吗，阿加尔？我会的！"

"你还说自己是拉尼的朋友！"

"对，正因为我是他的朋友，"红发的拉奥慢慢地回答。他直视着亚辛，使他眼睛垂下，不敢直视前方。"如果亚辛没有说，我就打定主意今晚说。然后，你，阿加尔，还有你，卡尔基，还有你们所有人。说吧。你会让我顶石头吗？"

"凭什么不会？"人群中有一人说。

"放下你的匕首，拉奥！"阿加尔叫道，扑到他的朋友面前。"你不能打架！好吧，等拉尼回来他自己会有决断。"

"如果他回来了多好。"拉奥低声说。

一阵沉默。

"你知道他去哪儿了吗？"阿加尔问道。

"是的，我知道。三天前他离开的时候，我和他一起走到激流边。听！我想我听到了马蹄声。"

"是风声，"阿加尔说，"马儿们在呜咽，你听到了吗？"

一个长长的、低沉如号角的声音响起，伴随着低沉、嘶哑的隆隆声。声音来自树下用铁链拴着的大象。

"是沙伊坦。"阿加尔说。

沙伊坦是象群中年龄最大的大象，它只听拉尼的话。

"快到月末了，"拉奥说，"丛林里的大象正向山上进发。沙伊坦听到了。今晚你会看到，它又要拔它的尖桩了。它得被拴在树上。看！纳格把他的狗送来了。"

那只黄狗偷偷地溜了出去，溜进了那群男孩中间。它的鼻子戳来戳去，它在嗅；它很不安，因为在所有人汗水的信息中，有一种它找不到——拉尼的气味。这只狗没有名字。他们叫它纳格的狗。它跟它的主人一样皮包骨，甚至连表情都一样。

多年来，纳格日夜都在大象营里，蹲在沙伊坦脚边，靠近稻草堆和铁柱，那头巨兽夜间就拴在铁柱上。沙伊坦是唯一象牙未

被从下颚处锯掉的大象，但它的长牙现在已经不漂亮了，又长又黄又沉，几乎要垂到地上。纳格待在它身边，俯伏在垫子上，一动不动地祈祷，像一尊象牙佛像。他几乎不碰自己的碗，就靠孩子们从森林里带给他的坚果活着。夜晚，营地安静下来，如果你仔细听，就能听到沙伊坦大脚掌下坚果壳轻轻的嘎吱声，一个接一个的，坚果是它的朋友纳格轻轻推到它脚下的。

多年前，纳格是部落中最勇敢的猎人之一。最后一次卡拉那野蛮人入侵这里时，他们大肆掠夺，并俘虏了纳格。他被卖为奴隶，舌头上烙着烙印，眼睛也被剜了。然而，纳格还是逃离了那杰拉巴德的据点。他翻山越岭，找到了边界白雪覆盖的小道。终于，纳格回到了家，带着这只与他形影不离的黄狗回到了大象营。就像沙伊坦、黑野牛小库里，还有拉尼，这只狗能听懂纳格喉咙里的动物似的语言。

这只黄狗有和主人一样的天赋，能让自己的意图被人领会。当纳格想传递什么时，他就派他的狗去。

"我们必须去看看他想要我们做什么。"拉奥说。

"我去，"亚辛说，"轮到我巡视了。"

男孩站了起来。黄狗犹豫了一下，然后跟着他穿过营地。

傍晚，风吹过平原上的稻田。恒河和提津河的蓝色水流交织在一起，就像串串项链。微风掠过大象营所在的空旷高原，荡起层层波浪。星星爬上了天空。

孩子们一直看着亚辛离开。他沿着高原边一圈高大的柚木树走。在每头大象旁，他都停下来弯下腰。黄昏中，他摸了摸脚镣，确保动物的腿没有擦伤。

从早上开始，人象们就和驯象人在树林里工作了一整天，现在它们站在成堆的稻草和树叶旁边，脚下满是稻草树叶。它们会在晚上进食。首先，它们堆起一堆绿色的枝叶或稻草，用鼻子末端把它拧起来；然后晃动并往膝盖上拍打，抖掉其中的鹅卵石及小型爬行动物。

驯象人劳累了一天，已经回到了他们的村庄，第二天才能回来。所以，按照惯例，营地将由一群男孩看守到天亮。他们两人一组轮流值夜，其他人则在"堡垒"的木头瞭望塔下休憩。他们每个人都把自己的垫子放在拱形的箱子里，里面存放着锁链和鞍带，所有用于驯练大象的鞍具，还有武器。

男孩们也有责任照看这些武器，以及塔里存放的大量战斗物资：长矛、刺刀、标枪、双刃剑、弓箭。营地用沟渠、竹栅栏和围墙加固。万一发生袭击，村民们可以来这里避难。一听到警报，人们就迅速从稻田里出来，赶着牛群离开他们的小屋。他们进去后，所有的门都会关上。然后，营地等待进攻。

上次卡拉那人入侵时就是这样的。

孩子们生了一堆火，开始值班。拉奥刚从塔顶下来，他刚才爬到那里去放置树脂火把。自从拉尼离开营地后，这三个晚上他们一直在那里点着火把。除非丛林王子出了什么事，否则这火光会帮助他找到回家的路。

拉奥回到火堆旁蹲下。

"刚才我为亚辛说话时，"他说，"你不明白我为什么那样做。但是，你知道，我也不信任他。"

"他是个表里不一的人。"阿加尔说。

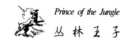

"也许是因为我们不让他进入我们的家族，"拉奥说，"你怎么知道他不愿意像我们所有人一样和拉尼做朋友呢？我听到亚辛在和驯象长说话。看到他也很着急，因为拉尼还没有骑马回来。亚辛的内心并不坏。他只是自负，仅此而已。"

"他嫉妒拉尼。"小卡尔基说。

"那是因为我们在营地里只服从拉尼。"拉奥说，"他是我们唯一的首领。正如以后他真正成为首领时，将统治整个基昂部落一样。但亚辛和拉尼一样，也是可汗家的儿子。你忘了，在基昂人的土地上，我们的首领一直是从两大家族中选出来的——拉尼家族和亚辛家族。"

"亚辛的父亲去世后，拉尼的父亲提吉可汗才成为酋长。"阿加尔说。

"那倒是真的。"卡尔基说。

"是亚辛的父亲赶走了卡拉那人，他们用刀剑和战火摧毁了我们的土地。"拉奥说，"他是做酋长时死的。卡拉那战士用剑把他从马上砍下来。他带领我们的骑兵、我们所有的家族成员进攻。他打败了卡拉那人，把他们赶回了山那边。"

"从那以后，他们再也没有来过。"阿加尔说。

"对，从那以后再也没有，"拉奥说，"但他们不甘失败。他们一直在计划复仇。"

"你认为他们会攻打我们吗？"卡尔基问。

"也许很快。这个月以来，大象除了砍伐树木，运来树干和石头，以填补上一次龙卷风在墙壁上造成的缺口之外，还做了什么？提津河的峡谷也被筑起了水坝，淹没了平原，阻挡了曼达拉山下山的道路。如果要打仗，我们会在旱季结束前开仗。"

"我说，拉奥，你认为我们也要去打仗吗？"阿加尔说。

"当然会的。否则为什么我们每个人都有一匹马和武器？别担心，阿加尔，不会落下你。拉尼说，这一次他的父亲发誓：如果卡拉那的野蛮人在我们基昂人的土地上发动战争，我们将把战火烧到他们的城门口。我们要围困他们的"堡垒"，把那杰拉巴德付之一炬。"

"从来没有人见过那杰拉巴德。"阿加尔说。

"不，纳格见过。"拉奥说。

"没有人确切地知道他们的城镇隐藏在群山中的什么地方。"

"但我们很快就会知道的，"拉奥说，"如果提吉可汗没有找到通过隘口的路——"

"那拉尼会找到。"卡尔基说。

"啊，他终于回来了！"拉奥说，"听，围场里的马已经认出了伊斯帕希尔。快，卡尔基，快去把门打开。"

但并不是丛林王子，是塔妮特。沿着岩石小路传来的脚步声来自前面女孩赶着的水牛。在牛背的两侧，各有一个篮子，里面装着她每天晚上带到营地给男孩子们吃的食物。他们忘了该是吃饭的时间。

"拉尼还没回来吗？"塔妮特问。

"还没有。"

她知道，真的。因为当她离开村子开始爬上高地时，她看到了指路的信号，那是在瞭望塔顶上点燃的树脂火把。

女孩向拉奥走来。

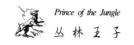

"我担心拉尼。"她喃喃地说。

塔妮特蹲在卡尔基挑旺的火旁，鼓起双颊吹着余烬。火焰照亮了姑娘纤细的脸；她的头发呈琥珀绿色，浓密的深蓝色头发顺滑地垂在两鬓上，使她的脸显得更加纤巧。

她和基昂部落姑娘的种族不同，基昂部落姑娘的嘴唇丰满，颧骨突出。她的肤色呈古铜色，她的脸瘦长，光滑的额头下有两道修长的浓眉和一对闪烁着亮光的大眼。她像黑夜一样美丽。

塔妮特是在战斗中被俘的。她出生在敌国一个高贵的卡拉那部落。她仍然记得大火席卷她的村庄，每个人恐慌逃离。一个身强体壮的骑手发现她躺在死马下面，把吓得半死的她扛在马鞍上带走了。

这个人就是提吉可汗。拉尼的父亲把这个女孩交给拉芙娜照顾，拉芙娜是从小照顾拉尼的老保姆。拉芙娜负责妇女的住处，并管理她主人的房子。在那里，塔妮特开始喜欢上了另一个种族的哥哥拉尼，他比她自己种族的男孩们更狂野，更勇猛。

"你怎么啦，塔妮特？"拉奥问。

男孩们忙着解开水牛背上的皮带，取下篮子，他们还没有注意到拉尼的朋友正沉浸在悲伤之中。塔妮特静静地坐着，越过火焰凝视着远方。拉奥来到火边准备热一碗藏红花酱，他先注意到她看起来是多么的难过。

"什么事，塔妮特？啊，我知道。你在担心拉尼。我也是。但是听着，拉尼不是第一次离开营地。他只有在山上才开心。我可以告诉你，没有人比他更了解大山。"

"如果你能猜到的话，拉奥！"

深深的啜泣使她的声音哽咽。塔妮特嘴唇颤抖着，努力控制住自己的眼泪。

"要是你可以就好了。"

"来吧，说吧！"

"拉奥，他们一定杀了拉尼——他们一定也杀了他。"

"是吗？你吓到我了！"

"是的，是的！你为什么不跟他一起去呢，拉奥？你为什么要让他一个人离开呢？"

"塔妮特！告诉我！发生了什么事？"

"提吉可汗，"她说，声音很低很低，"拉尼的父亲已经死了。"

"死了！"拉奥失声道。

"是的。发出通知吧。"

但男孩们已经听到了。他们默不作声地走到炉火边，围着塔妮特，不敢问这个带来噩耗的女孩。

"卡拉那人！"拉奥终于开口了。

塔妮特低下头。

"他们一定设下了埋伏。"阿加尔说。

"他们在每个通道都设了岗哨，看守通往他们境内的通道。提吉可汗是在哪里找到的？怎么找到的？"

"在去丛林的路上，"塔妮特说，"猎人们在一个水塘边发现了他的尸体，提吉可汗试图爬到那里。箭深深地射进他的背。"

"他们发现他的时候他已经死了吗？"卡尔基问。

"是的，"塔妮特说，"秃鹰开始啄他的眼睛。没多久前，他们把他的尸体带回了加拉德，送到了拉尼的家。"

"喂，谁在站岗？"

孩子们被这突然的叫声吓了一跳，急忙跳了起来。是丛林王子。他们没有意识到他来。他刚跳下马背，把缰绳扔给卡尔基。

"给伊斯帕希尔擦擦。带它去围场。给它些稻草吧，但别给它水喝，注意，它累坏了。我一会儿就去看它。什么？你们还没吃晚饭？塔妮特还在营地！怎么回事？"

"听着，拉尼。"拉奥说。

他们该怎样告诉他突然失去亲人的消息，怎样说出这个可怕的消息呢？

"听着，拉尼……"

但是拉尼不会听的。

"我问谁在站岗？"

"亚辛。"

"他在哪儿？"

"在巡逻。"阿加尔说，"纳格……"

"老纳格把他的狗送给你了。"拉尼厉声打断他的话，"它听得见，老纳格也听得见。他知道营地里发生的一切。啊！我不在的时候……！你为什么还没解开库里的绳索呢？我不能让美洲豹今晚再来杀一头小马驹。你没听到它们在鸣咽吗？你，阿加尔，快去；解开库里，快。愿它用角把它们挑翻了！"

库里是一头黑色的小野牛，脾气暴躁，凶狠得像一只看门狗。野兽的气味使它发疯。它完全有能力独自对付美洲豹。夜幕一降临，美洲豹就会在营地周围徘徊，伺机跳过竹栅栏，甚至在马场里攻击马匹。库里就这样一圈又一圈地走，从不静止，它低着犄角，准备着灌木丛中一有响动就冲过去。

这些马闻到野兽的气味变得焦躁不安，现在已经平静下来了。但此时轮到大象了。从营地的这一头到那一头，它们在地上踩来踩去，拼命地拽着铁链。为了回应沙伊坦放肆刺耳的叫声，它们的鸣叫声更响亮了。

亚辛快步跑了过来，因为绕着营地跑，他上气不接下气。

"啊，拉尼回来了。"他说。

"我回来了，这是好事，不是吗亚辛！我不在，就没人能接手营地了。你把自己当成头儿了！听！那是什么？"

"是沙伊坦。"亚辛说。

"我听见了。它怎么了？"

"我不知道它为什么这么失控。"

"那纳格呢？我希望他没出什么事吧？"

"我把那个老伙计从大象脚下拖了出来，"亚辛说，"他会被压坏的。"

"快，锁链！"拉尼命令，"点上火把，跟我来。"

丛林王子飞速跑向营地的另一端，所有的男孩都跟在他后面。在那里，沙伊坦像着了魔似的大发雷霆，在空中扭甩着它的鼻子，然后把鼻子缠在拴它的树上，愤怒得喘不过气来，因为它拔不动树干。

"阿博克，沙伊坦！阿博克！"

沙伊坦一听到拉尼的声音，立刻平静了下来。但它的大耳朵还在猛烈地拍打着肩膀。它的鼻子卷了又松开，松了又卷起来。大象扭着它那三角形的小嘴，喉咙里发出呻吟声，仿佛有一条蛇

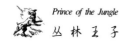

缠绕在那里。让沙伊坦发疯的并不是愤怒，而是痛苦。

"解开锁链。"拉尼命令道。

拉奥躲在树后，松开了拴着大象腿的链子。大象一挣脱深深勒进腿里的锁链，就摔倒在拉尼的脚边，长牙在地上刨出深深的沟痕。

"阿博克，沙伊坦！嗨！"

想要接近它是不可能的，这只巨兽正挥舞着它的鼻子，任何靠近的人都会被它撞翻。

"快，拿火把来！"拉尼喊道。

这个巨兽看到拉尼挥舞的火焰，就挺起身子，伸直前腿，肚子仍然拖拉在地上。拉尼把火把扔给卡尔基，一跃跳上沙伊坦的肩膀，粗暴地抚摸着它，然后把手伸到它巨大的耳朵下面，这只耳朵因多次丛林战斗有些残缺了。

"阿博克！好了，好了，沙伊坦。让我们看看。"

大象张大嘴巴，拉尼把手伸了进去，依次摸摸它磨石大小的大臼齿，看看有没有松动。但是没有，沙伊坦的下颌里没有一颗因磨损而松动的老牙。

突然间，拉尼猜到了问题所在。为什么他没有立刻想到呢？刚才，纳格的狗突然叫了一声。拉尼当时还转头看了看。

他看到老猎人蹲在树下，正在把一根长长的稻草捅进狗鼻孔捉弄它。现在拉尼明白了。

"谢谢你，纳格！"他喊道。

那是一只老鼠，只能是老鼠。大象的克星。大象举起一捆稻草，里面的老鼠会蹿进它的鼻子，再爬进它的前颅，在那里肆意妄为，逼得大象发疯。

"有只老鼠在里面咬它的头！"拉尼喊道。

拉奥想去打一桶水，再拿些胡椒来，因为他见过驯象人在这种情况下就是这么做的。但即使沙伊坦愿意吸进胡椒水，可能也不会成功，也不会缓解它的痛苦。

"拿根竹子来，"拉尼说，"快去，给我砍一根长竹子。再给我拿一根甘蔗。我得探摸进沙伊坦的前额里面，我要抓不住这只老鼠，那就怪了！"

拉尼抚摸着大象扭动的鼻子，让它站起来。然后，他用铁钩子捅进大象耳朵，把它带到两棵树旁，这两棵树靠得太近了，沙伊坦得用额头把它们撑开，才能把头伸过去。

"勒紧它的两条前腿，拉奥。帮我一下。"

拉尼和他的朋友用锁链把象腿和象牙牢牢地绑在两根树干上。现在沙伊坦既不能前移和也不能后退。防止它可能会再次开始挣扎，拉尼把手放进嘴里，吹起了神奇的口哨，那是一种蛇发出的声音，它能让所有丛林生物，包括老虎，都吓得一动不动。这个神秘的咒语，可以让人在驯服野生小象的初期，接近刚捕获的野生幼象。

"喱哧哧哧哧……哧！"

拉奥劈开一根柔韧的竹尖。

"给我吧，"拉尼说，"现在过来，站在我身后，你的手要与我的肩膀平齐。准备好了吗？后退一点。对！现在，把甘蔗递给它。"

沙伊坦伸出鼻子；拉尼迅速地把竹竿伸了进去，在里面戳了

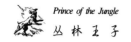

戳，捅了捅，几乎立刻就拽了出来，竹尖上戳着一只灰老鼠，拉尼一脚踩了下去。

沙伊坦终于摆脱了这个让它痛不欲生的东西。拉尼用铁钩帮助大象把鼻子放了下来。他解开锁链，把老象带回了稻草堆旁。

那天晚上在营地守夜，事情真是接踵而来。他们连晚饭也不能吃了。因为当他们回到"堡垒"时，男孩们发现，他们匆忙中留在火堆上的肉和米饭都烧成了灰烬。

但是没有人真的感到饿。因为现在警报已经解除，他们又开始想起那个他们不忍心告诉拉尼的消息。塔妮特也是如此。而拉尼一点也没有察觉到。

丛林王子迫不及待地想要与男孩们分享他惊险出行的点点滴滴：卡拉那部落骑手的攻击，峡谷里的战斗，最后和幻影马一起沿着通往营地的小路进行的神秘骑行。

整个人群里没有一个人听到那匹马疲惫的马蹄声越来越近，因为这匹马的确在犹豫不决，不知是否该落蹄，它在石头上跌跌绊绊，而且几乎喘不上气。是的，没有人听到，除了拉尼。因为拉尼听见了。他非常不安地听着，一阵长长的寒意袭上了他的全身。

"这是那个死去的骑手的马。"他想。那匹马跟着他。当他们爬上高地时，它已经跟不上伊斯帕希尔的速度了。但是，这匹马怎么没有在高地上的蜿蜒小路上迷路呢？它又是怎么爬上瀑布边上的陡峭岩石的呢？

但毫无疑问就是那匹马。它越来越近了。在通向马厩的小路拐弯处，它踩着台阶过来了。

"你要去哪儿？"拉奥喊道。

但拉尼已经跑出了大门。他想知道这种幻觉是否还在，就像年轻的王子在他今天第一次杀人之后，在山里也出现过的幻觉一样。

突然，黑暗中一个身影出现在他面前。一只高大的动物站立起来，露出牙齿，发出几乎无声而只有强烈呼气的喘息。那是马因极度恐惧惊慌而无法发声的一种嘶鸣。突然地，这匹马没有发出任何声音就放下前腿，倒下了。这个幻影消失在黑暗中。刹那间拉尼看到一只美洲豹跃起。那野兽从树丛里跳出来，跳到马头上，爪子紧紧地抓在马的胸脯上，狠狠地撕扯着马的喉咙。

拉尼拔出匕首冲上前去。但黑野牛小库里早已冲了过来。它愤怒地冲了过去，加入混战，用嘴把美洲豹从猎物身上拽扯下来，然后用犄角疯狂地将它顶起甩了出去。美洲豹被甩倒在拉尼的脚边。但它迅速伏下，伺机纵身反扑。野牛冲过去恨不得将美洲豹踩在脚下，但美洲豹躲过了来势汹汹的犄角。而拉尼却被冲击力撞倒在地，和美洲豹一起滚到地上；美洲豹的爪子紧紧抓着他，撕扯着他的肩膀。

这时，男孩们都拿着火把，大声喊叫着跑上前来。

拉尼被美洲豹压在下面，他拼命地与这只嗜血的野兽奋力搏斗。美洲豹张开血盆大口，眼看就要咬了下来。

"拉奥！"

塔妮特试图忍住尖叫。但是那个红发男孩在听到拉尼的召唤之前，就已经冲过去帮助他的朋友了。就在美洲豹的爪子即将刺入拉尼的脸时，拉奥将匕首反扣在手里，一拳打进野兽张开的嘴

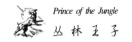

里。那张可怕的大嘴随时会咬碎他的手。但就在那张大嘴合上的瞬间，却被卡住了，被匕首深深刺穿了。拉奥将手臂深深地伸进动物的喉咙，一把扯下它的舌头，让它几乎停止了呼吸。当猛兽在地上挣扎时，阿加尔和卡尔基用长矛刺向它，把它钉在岩石上。

塔妮特扶起拉尼。

"谢谢你，拉奥。"

他的声音听起来很虚弱。

"你伤得重吗？""

"不重。"

"靠着我。"

"让我一个人待会儿。"

丛林王子突然忘记了痛苦。他已经感觉不到伤口那可怕的刺痛。透过满脸的血液，在树脂火把那烟雾缭绕的光线下，他看到了那匹死马的庞大身躯，四肢僵硬地躺在地上。与马鞍上的黑豹皮成鲜明对比的，是马匹那长长的尾巴和飘逸的马鬃，它们被指甲花染成了和丛林里的红土一样的褚红色，现在就像两团燃烧的火焰一样。

男孩们现在都挤在拉尼身后。和他一样，他们也看到了银制的马嚼子，红皮革编织的马笼头，马鞍上披着的黑豹皮；尤其是那双闪闪发亮的马镫，它们宽大的踏面由一对华丽的金色五爪钩连接在马镫皮带上。

在部落里所有的贯族骑兵中，只有一个人在骑马时，可以踩在这样一对金色五爪钩上。这是仿照老虎沙卡的爪子，雕刻在两侧马镫的金色五爪钩。

是的，这是一匹死掉主人的马，马鞍上已经没有人，是它跟在拉尼和伊斯帕希而后面一路奔走。丛林王子一下子认出了那是他父亲提吉·汗的战马。

拉尼久久地站在那里，一动也不动。然后他在马的身边弯下腰来，用颤抖的手解开两个马镫、马笼头和马嚼子，这些的确都是他父亲的。

这时，这个印度男孩注意到塔妮特和男孩们都在回避他的目光，不愿与他对视。

原来他们都已经知道了。

拉尼一句话也没有说，在同伴们的协同下，他带着父亲提吉·汗的这些遗物，慢慢地爬上通往"堡垒"的狭窄小路。

三、大汗的继承者

提吉·汗去世的消息像野火一样在田间劳作的农民、河边小船上定居的渔民中间传开，甚至传到了丛林深处猎人居住的小村庄。

起初，这片土地上弥漫着恐惧。但是战争的谣言已经司空见惯，这样的威胁一直存在，所以警报很快就被遗忘了。

所有人都在想：谁会被选为提吉·汗的继任者？基昂部落中相互竞争的各个家族都有其狂热的支持者。即使是最卑微的百姓，也会在他们用稻草和竹子搭成的小茅屋里围坐在火堆旁，喋喋不休地谈论这个话题。

是的，这些普通民众对两个敌对派系之间的斗争非常感兴趣，他们把希望寄托在两个非常年轻的男子身上：拉尼和亚辛，两人都同样配得上如此崇高而显赫的荣誉。他们从小就是对手。哪一个会获胜呢？

今天早上，人群在为拉尼呐喊。狭窄的街道上熙熙攘攘，大象从山上搬来树枝和巨大的树干，在卡利神庙外的大广场上堆成一大堆。

大广场的祭祀红柱旁，戴着金色头巾的祭司们在葬礼现场忙碌着。他们正在忙着砍下被献祭的公山羊、母山羊的头作哀悼日的祭品。信徒们围成一圈站着，等着时候一到，就迫不及待地冲过去趴在地上，用献祭的鲜血涂满自己的额头。

那里一片喧嚣，人们推搡着，叫喊着！阳光使一切变得更加明亮起来——女人们披戴色彩鲜艳的面纱，佩戴全副金饰，祭司们身着黄色长袍，还有成群结队的、赤着身的顽童，他们的皮肤也根据各自不同的种姓涂成了红色、赭色和绿色。

成千上万的手臂举在头顶上，挥舞着手中的一束束稻草，每个人都要把稻草放在为可汗的葬礼准备的柴堆底部。

"拉尼！拉尼！"人群不停地叫喊着。

拉尼，提吉·汗的儿子，骑在高大的沙伊坦身上，走在象群的最前列，他看上去多么光彩夺目，就像一位年轻的神祇！他们阔步穿过铺满了鲜花、花环的街道，花儿如雨点般落在拉尼身上。

当丛林王子出现在大广场上时，人们兴奋的情绪达到了狂热的高潮。汹涌的人群不断靠近大象。沙伊坦几乎无法挪动一步，否则真害怕会踩压到被推倒在它身下的人群。

"拉尼！拉尼！"

他们被挤得半死，但仍在你推我搡地争抢着榕树树枝上的最佳位置。下面的看台上也都是人，台子都快被挤塌了。

"站起来，拉尼，站起来！让他们都看看你！"拉奥在他的大象头顶上大声喊道。

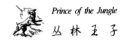

是的，这个红发男孩满心欢喜。拉尼受万人欢迎和崇拜，他很骄傲能成为拉尼的朋友。这样的人儿只要一出现，就能激起人们如此疯狂的热情。

"站起来，拉尼！向欢呼的人们致敬！"

拉尼被所有人的热情所感染。他们一直在喊着他的名字。这些人忠于提吉·汗，也深深地怀念着他。

"拉尼！拉尼！"

人们其实几乎都看不清他。

接着人群爆发出一阵欢呼。因为现在每个人都看到他们伟大可汗的儿子站了起来，像一尊青铜雕像，腰间围着一条红色纱围裙；他站在沙伊坦的头上，看上去就像太阳神一样。

这个年轻的印度人一挪开他紧贴在大象大耳朵下面的膝盖，沙伊坦就像往常一样会向后卷起它的鼻子，托住骑手的腰，把他放下来。但周围的人群太密集，沙伊坦给它的年轻王子在地上找不到位置，只好又把他举了起来。于是，在这个高高的位置上，拉尼俯瞰仰着脸的人群，继续他的胜利之旅。沙伊坦——这位象牙上佩戴铜环的丛林王者，把拉尼高高地举在阳光下。

接着，从这些丛林生物的喉咙里传来了一声响亮的号角声，完全淹没了人群的欢呼声。是拉奥发出了信号，开始了这雷鸣般的合奏。他用短柄棍子上的铁钩捣了一下大象的鼻子底部，靠近下颚的地方。于是，沿着象群排成的长队，所有的大象都扬起鼻子，这些庞然大物发出了狂野的吼叫声，那是惊心动魄的战斗般的号角声。

没错，丛林显然是站在拉尼这一边。

"你听到了吗？他们在为拉尼欢呼。"提吉·汗的孔护卫说，"要是我的主人能听到就好了。"

"他会感到骄傲的，"老诺赫一边说，一边捻着他白色胡须的末端，按照锡克人的方式，把胡须卷在一根竹条上。"是的，主人一定会很自豪的。但这只是普通百姓对他的敬意。"

在王宫正厅的人群中，首先是提吉·汗麾下忠实的战友，然后是加拉德城所有的重要人物，以及稻田和丛林的村庄代表，纷纷上前来向遗体致敬。伟大的可汗躺在灵床上，由基昂部落贵族中挑选出来的勇士们守护着。所有的人都到了，除了亚辛家族的人。男人们蹲在地毯上，围坐在一大坛稻米酒的旁边。每个人轮流接过竹管吸一大口，再递给旁边的人，然后又开始用力地嚼着槟榔。

在隔壁房间里，哀悼的女人们的哭声此起彼伏，有时她们撕心裂肺的哭声会打断为死者吟唱的缓缓的挽歌。与此同时，还能听到老拉夫娜的诅咒声。拉尼的保姆正在大声祈求印度诸神的帮助，呼唤那些最残忍的、嗜血的神灵，为她的主人复仇。

"畜生，狗娘养的，愿龙维特拉的血腐蚀你们的血液，腐蚀你们子孙后代的肚腹的血液！"

"畜生……"塔妮特跟着咒骂道。

然而，拉尼的诸神不大可能会听这个女孩的话，因为她碰巧与那些高地上的人有着相同的血统。

女孩蹲在剃去头发的拉芙娜旁边。

灰烬掩盖了塔妮特额头上的红色标记，那是湿婆神的标志。她在照看烧香用的木炭，帮助香条燃烧，使烟雾从炉里袅袅升起，

Prince of the Jungle

丛林王子

环绕着被小油灯的火焰照亮的神像的脸庞。月亮索玛，就像一颗从梵天的眼睛里落下的金色泪珠。索玛，亡者的居所，提吉·汗将要去的地方。还有仿佛能发出母老虎般笑声的卡利女神，她的嘴唇被老拉芙娜虔诚地涂上从主人伤口流出来的黑色血液。

整整一天一夜，送葬的挽歌都在继续吟唱，一直在彩绘的神像脚下回响。

"你听到了吗，拉芙娜？"塔妮特说，"那些欢呼是献给拉尼的。"

"是的，我听到了，但这些只是平头百姓！"

老保姆继续咒骂。

在隔壁的男厅里，诺赫用与老保姆一样轻蔑的口吻说道：

"都只是普通百姓的敬意。"

"提吉·汗爱护那些贫苦卑微的百姓，"孔护卫说，"他们也爱他。但是，与我们为敌的将是那些最高种姓家族的人。排在首位的，将是所有的祭司。"

"即使在稻田的茅屋里，在我们伟大的可汗受到尊敬和拥戴的地方，也有人指责他把一个山民的女儿、一个在战争中被俘的敌人带回了家。"有人说。

"他本可以把她送走，或者卖掉。"一位老人说。

"或者杀了她，是的，这样会更好，"诺赫低声说，"我们的律法明确规定。那个女孩应该永远顺服，好好做个奴隶。但提吉·汗却让她和拉尼一起长大，在他家里，将她视为己出。你们也知道我们的王子对那女孩有多疼爱。"

"她很漂亮。"孔说。

"是的，非常漂亮——但对拉尼来说很不幸，"老诺赫继续说，"你们觉得呢？如果将来拉尼想娶这个女奴为妻呢！"

"绝对不可能！"

"你们看，我们都看法一致。我们谁也不会答应我们选出的基昂首领娶一个有奴隶血统的女人为妻，一个卡拉那部落的女人！啊，对于他们，对于我们的敌人，对于所有支持亚辛的人来说，这是多么好的把柄啊！别忘了，他的父亲生前也是一位伟大的首领。我知道他们已经在密谋了，针对我们年轻的王子，针对即将继承他父亲王位的拉尼。"

"更何况他们那么卑鄙地杀害了提吉·汗。"孔说道。

所有人都转过头来看向护卫。

这时，拉尼进来了，后面跟着拉奥。现在拉奥有资格在部落大会中占有一席之地。根据习俗，已故首领的儿子也可以在友谊之神密特拉的庇护下，从他的同龄人中选择一个男孩子。这个朋友像拉尼一样，还没有长成男子汉，就已经被当成真正的男子汉了，所以拉尼选择了拉奥。他们刚才一起嚼过槟榔，拉尼刚刚把竹管递给拉奥，让他也跟着自己喝一口米酒。

"我刚才说，拉尼，你父亲的死是有预谋的，"孔接着说道，"我可以证明这一点。那些藏在丛林里攻击提吉·汗的人与卡拉那部落的骑兵没有任何关系。这些人后来也袭击了拉尼。他们埋伏的时候并没有用火箭①射击。"

"对，他们没有用火箭。"拉尼说。

在提津河渡口，射向丛林王子的箭都是用普通竹子做的。

---

① 用引火物附在箭头上射到敌阵引起焚烧的一种箭矢。

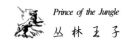

　　"十年来，我们一直与卡拉那部落的人和平相处，"老诺赫说，"也许他们时不时会到丛林里打猎。但他们从未攻击过我们的村庄。"

　　"但是，杀死提吉·汗的那支箭，只能是他们的人射出的。"有人说道。

　　确实，只有卡拉那部落的战士才使用从提吉·汗背上拔出的那种箭。中国人曾教他们的邻国使用这种武器。这种弩弓不像普通弯弓，它射出的箭可以射得很远。在靠近箭头的杆上，固定一枚火箭。在放箭之前，弓箭手迅速点燃引线，火箭的爆炸会延长箭的飞行距离，将箭继续向前推送。

　　"我不信卡拉那部落的人正准备进攻。"诺赫说。

　　"我也不这么认为。我请那些发现我主人尸体的猎人带我到提吉·汗爬过的地方，当时可汗试图爬到池塘，但没有成功。那里离这儿骑马不到一小时。卡拉那部落的人绝不会冒险远离他们的大山。"孔说

　　"你找到什么线索了吗？"诺赫问道。

　　"找到了，在泥地里。"孔回答，"但没有马蹄印。主人一定是在路上遭遇了袭击。他从马上摔了下来，马冲进了丛林。水塘附近发生了一场打斗。袭击者没有骑马。我发现了他们赤脚留下的脚印。我再说一遍，提吉·汗不是因背后中箭而死的。主人战斗到最后一刻。我在泥里发现了他的匕首。你们都看到了那把刀，上面沾满了血。他的身体……你们看到他时，他的皮背心已被脱下了。两支长矛刺穿了他的身体。"

　　拉尼在听着。他在想塔妮特的话。那个女孩仔细检查了那支

箭，火药已经将纤细的竹制箭杆熏黑了。塔妮特向她的朋友发誓，这支箭不可能是她的族人射出的。但箭头和精致的水牛筋绳确实与卡拉那部落的猎人使用的箭相似。只是这支箭上没有符咒，也没有刀在羽毛的末端留下的凹口，更没有舞者用来做项链的那种白色小贝壳，那是印度各地都用的一种钱币。这个固定在箭杆上的贝壳，在箭飞出撞击弓弦时，会发出"砰"的一声。

"你父亲有敌人，在我们部落里也有。"老诺赫慢慢地说道。

"是的，在我们中间有他的敌人，"孔说，"我们都知道他们的名字。"

"没有必要到外面找，就看看那个家族吧，你知道我指的是哪个，"有人说道，"那个一直与我们伟大的可汗家族为敌的家族。"

"是帕尔卡·帕拉尔支持的那个家族！"护卫说，"瞧，我已经说出了他的名字。我不怕帕尔卡·帕拉尔。我不像许多人那样害怕他！"

"当心点，孔，"老诺赫说，"愤怒会让你失去理智。你知道帕尔卡·帕拉尔是什么样的人。"

"我了解的没你多，诺赫！我不知道他是谁，更不知道他从哪里来。只有提吉·汗知道，他曾经怀疑过，可是还没来得及说出来，他就离开了我们。诺赫，去年，一位圣徒来到加拉德。他是一个婆罗门，是一个真正的婆罗门！"

"孔，当心点！"

"一个真正的婆罗门，诺赫。他当时要前往巴拉班乔和神圣的恒河。他曾在加拉德这里过夜。他去过帕尔卡·帕拉尔家了吗？

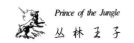

他没有。帕尔卡·帕拉尔以前也曾踏上通往圣河的路，但他却留在了这里。那是三十多年前的事了。但我还记得，你也还记得。那时他还是个乞丐！"

"孔，没有人会问一个乞丐从哪里来，要到哪里去。我们都知道他在进行一场神圣的旅程，这就足够了。帕尔卡·帕拉尔留在了我们基昂领地内，他与我们同住。有人给他碗里盛满了米饭。他喝的是我们的河水。毫无疑问，这条路只把他带到了基昂。大家很快就会发现，他的话是真的。孔，帕尔卡·帕拉尔掌握着巨大的权力。"

"我听着呢，诺赫。我知道你所说的事情。我也知道，那些掌权的神密人是不会轻易放弃权力的，即使他们被逐出了自己的种姓也不会！"

"孔！"

"我的主人是这么想的。他告诉我的。"

"安静，孔。逝者所说的话别人怎么能相信呢。"

但是提吉·汗的护卫现在已经无法控制自己。愤怒点燃了他；他无法掩饰对卡利神庙的大祭司的仇恨。

"帕尔卡·帕拉尔习惯了看到所有的人在他面前颤抖。他很危险。你们所有人都要记住这一点！亚辛家族掌权的时候，谁是部落真正的首领？不是我们的可汗。帕尔卡·帕拉尔控制着亚辛的父亲。他对可汗发号施令。帕尔卡·帕拉尔才是手握大权的人。幸运的是，提吉·汗的统治改变了这一切。我的主人确实是一位名副其实的首领！"孔说。

"一位伟大的首领，"诺赫说，"他给了我们种姓，给了我们战士的种姓，战士应有的地位……"

"而且比别人都要高，"孔打断了他的话，"甚至比祭司还要高。帕尔卡·帕拉尔让步了。他还能怎么办呢？但是他心中怒不可遏。"

"孔！你不会指控他害死了你的主人吧？"有人说。

"为什么不能呢？"

"你疯了吗，孔！"

"为什么不能指控他呢，"孔护卫重复道，"帕尔卡·帕拉尔肯定会竭尽全力支持亚辛，与拉尼对抗。没有什么能阻止他。他正准备重掌大权。他已经开始复仇了。"

挂在门口的帘子被掀开了。

"谁在这里谈论复仇？"

和其他人一样，当卡利神庙的大祭司进来时，护卫孔站了起来。帕尔卡·帕拉尔先在提吉·汗的棺木前低着头站了很久。

然后，他又问道："谁在这里说复仇呢？"

"是我。"孔傲气地回答。但是他的声音突然变了，好像对自己感到不那么自信似的。

大祭司身材高大，背有点驼。他瘦长的脸颊留着粗短的黑胡须。他眼睛狭长，目光深邃如猛禽，闪烁着冷静的光芒。他的脸庞消瘦，皮肤紧绷在颧骨上，像一张灰褐色的羊皮纸。这张脸毫无表情，肌肉一动不动，闪现出一种奇异的光芒。

为了探访亡者之家，帕尔卡·帕拉尔用一条金色的大头巾遮住了头部，肩上披着一件长长的藏红花色长袍——他只在卡利神庙举行盛大仪式和血祭时才会穿上。他颈上戴着一条祖母绿项链，

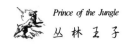

上面缠绕着蛇神的标志，还系着神圣的死亡三重结，标志着生、死与重生。

"神灵会听到你的祈求的，孔，"大祭司用低沉的声音缓缓地说道，"你对你的主人——我们逝去的大可汗——如此爱戴，卡利女神必须要听。提吉·汗的鲜血在丛林中大声呐喊。我们要为他报仇。孔，我就在这里，现在，当着你们首领所有忠实朋友的面发誓。我知道卡拉那部落并没有害死提吉·汗。叛徒就在我们中间，就在加拉德，就在我们城里。"

听了这些话，周围一片静寂。

"你们起来！"

那些跪拜在地毯上额头几乎贴地的人又站了起来，不敢抬眼看这个也许能读懂人心的祭司。

"拉尼，"大祭司说，"我会为你查明真相的。"

"你知道谁杀了我父亲？你知道他的名字？"

这位年轻的印度教徒跪拜在这位掌控秘密的长者脚下。

"我并非无所不知，拉尼。死者才知道真相。你必须要坚强起来。你父亲这样的人不愿看到他的儿子为他流太多的眼泪。你现在应该把所有的思绪都集中到你的未来。当丛林发声时，你的光辉未来或许就在等着你。命运在等着你，拉尼！——孔！"

护卫走上前来。

"孔，"帕尔卡·帕拉尔说，"你一直走在你主人的马匹前。明天，你还会跟以前一样，在你应该站的位置上。明白我的意思吗？"

"我明白。"孔说。

大祭司再次转向拉尼。"拉尼，你的父亲给了你一匹他最好的马，一匹他深爱并骑过的马，一匹记得他声音的马。今晚你必须把伊斯帕希尔从大象营牵下来。现在我去向卡利女神祈祷，求她为你父亲复仇。明天来赴约，等待这匹马做出决定！"

拉尼站到帕尔卡·帕拉尔面前，向他躬身。帕尔卡·帕拉尔将双手按放在拉尼头上，然后走了出去。

"你听到了吗，孔，"老诺赫沉默了很久后，说道，"你知道他让拉尼做什么！他让拉尼等马去审判。"

"我知道。这能证明什么？他站在你们面前时，你们吓得像女人一样，趴下就去舔他的鞋！难道你们看不出来他是个多么狡猾的恶棍吗？他想为拉尼查明真相！真是好公正啊！这一切都是为了消除疑虑！"

"你这是什么意思，孔？"

"我们等待明天马的审判结果吧。"孔护卫说。

在第二天炎热的正午，游行队伍从去世首领的家中出发了。

伊斯帕希尔被装扮得非常华丽，它佩戴着红色的马鞍，鞍上覆盖着一条金丝织成的长绸缎，在它光滑的腿边飘动。它还佩戴着银制的马嚼子和马镫，那是提吉·汗那天最后一次使用的。孔走在庄严的游行队伍中，和往日一样，站在马头的位置。在他身后，全副武装的大小头目骑着焦躁不安的战马，他们是大可汗忠诚的战友。

"选一匹你父亲生前喜欢的马，一匹他骑过的马，一匹记得他声音的马。"卡利神庙的大祭司曾经说过。

缰绳系在马鞍前，松散地搭在马脖子上，因为伊斯帕希尔那

天的骑手不会再拉缰绳了，而这名骑手就是死去的提吉·汗。首领身着战服，佩戴着武器。他笔直地骑在马背上，他的身体被隐藏在皮革背心下的两根竹竿牢牢地支撑着，而竹竿固定在马鞍两侧。提吉·汗的肩膀由这些竹竿支撑着，保持着平时首领的姿势，头高高地扬起，僵硬地骑在马上一动也不动。

人群跟着这匹黑色骏马。有些想靠近马的人纷纷跟它说话。

"挺起来！你驮着的是首领！"

"开路！"

没人牵这匹马，它由背上的骑手自己来掌控。死去的首领不需要任何帮助，他肯定知道如何把他的马带到凶手的藏身之处，在门口停下。

随着尖锐的笛声和短促的鼓点，队伍缓缓向前移动。每当那匹马在路口停下犹豫不决时，号手就会使劲吹响他们的牛角号。

七弯八拐后，这支奇怪的队伍沿着河边的路向巴拉班乔方向移动了一段时间，然后踏上了从鲁马恒河通向广场的大街。这匹马在寻找着方向。犹豫了片刻后，伊斯帕希尔走上了两边都是大树的中央大道。

人群突然陷入一片寂静。死者和他的骏马正径直朝卡利神庙走去。提吉·汗笔直地坐在马鞍上，似乎盯着那扇镶着青铜饰物的大门。门开了，帕尔卡·帕拉尔出现了。

神庙是避难所。任何人都无权侵扰神庙，哪怕是追捕可能躲在里面寻求庇护的凶手。但孔已经大胆地冲向前去，帕尔卡·帕拉尔没有阻拦他。他敞开了通往神庙的大门，人们立刻涌入神庙，开始搜查每一个角落。

凶手身上多处受伤，藏到神像的祭坛后面。就在那里，他被发现了。他的脸颊上有一道很深的伤口，这一定是提吉·汗与他在生死搏斗时留下的。那个人扑在拉尼的脚下，乞求原谅。他张开嘴想说话，但他根本来不及说一个字。

"拉尼，我向你保证过，会为你主持公道！"

大祭司挥起献祭的刀，一刀砍下了那个跪在他膝下苦苦哀求的恶棍的头颅。

游行队伍返回了提吉·汗的宫殿。

守夜还在继续。在隔壁房间，哀悼的妇女们一直在神像的脚边恸哭。

"你看见了吗，孔？"老诺赫说，"帕尔卡·帕拉尔信守了他的诺言。你主人的仇已经报了。"

"凶手已经付出了代价，"孔说，"对，已经被杀了，但是他替谁行凶？谁指使他干的呢？凶手现在已经不能说话了。我主人的仇还有什么意义呢？现在重要的是我们年轻王子的命运。"

"但谁会有这样的胆量呢？"诺赫说。

"先是刺杀父亲，然后是儿子。提吉·汗被暗杀了，我们永远不知道这袭击者来自哪里。拉尼，十多年来，我一直是你父亲的护卫。从今以后，我将成为你的护卫；我会像你的影子一样跟随着你。我发誓，在你进入丛林里隐身历练之前，我不会让你受任何伤害！"

沉默片刻后，老诺赫说：

"你说得很对，孔。是的，我们必须好好守护拉尼。还有你，拉奥，你是他最好的朋友。不要让我们的王子遭遇任何不幸。拉

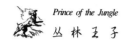

尼，你也必须保持警惕，永远不要忘记自己是我们伟大可汗的儿子。你是最勇敢的。当你面临丛林考验时，你也必须展现出最强大的实力。"

那天夜里，加拉德大广场火光映天。

葬礼的火堆在燃烧，提吉·汗的遗体渐渐化为了灰烬。

一位伟大的领袖就此离世，一个伟大时代就此结束。

四、丛林的考验

在大象营里，生活又恢复了正常。清晨，随着铜锣的敲响，男孩们在小溪里洗漱，然后解开大象的绳索，给它们套上挽具和链条，骑着大象排成一队向森林出发，前去运送木材。

拉尼骑在沙伊坦背上负责指挥。这头老公象只听他的命令。它用长长的尖牙把巨大的柚木从泥地里撬出，然后再抬起来，这样拉尼可以把沉重的铁链套在木头上。套上挽具后，沙伊坦拖起重荷，用它强壮的胸膛拖拽着，在茂密的灌木丛中开出一条通道，其他的大象跟着走在它踩出的小道上。

在山谷的底部流淌着提津河。大象踩在河边的泥泞里，肚子几乎触及了脚下的泥地。它们把树干拖进河里，随后在水中开始了繁重的工作。这些经过训练而能在激流中游泳的动物看起来就像一块块露出水面的黑色岩石。大象们紧紧挤在一起，筑成一道水坝挡住水流，防止木材顺流而下。尽管它们非常努力，但有时还是受不了水流的冲击，被冲倒在浑浊的河水中。同时，孩子们

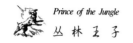

也在漩涡中忙碌着，他们扎入水底，用藤条绳索从底部将巨大的圆木绑在一起，等它们浮上来时，就将它们堆积在一起。

每天晚上，塔妮特会上山给他们带去晚饭，男孩们回来吃完饭，筋疲力尽地一头倒在稻草和树叶铺成的垫子上沉沉地睡去了，只留下几个男孩轮流值班。

但是拉尼和拉奥这两个形影不离的伙伴可不会倒头就睡。他们会陪着塔妮特一起沿着通往加拉德的小路走上一小段。然后，这两个朋友会穿过沉睡中的营地，去找老纳格。老纳格正坐在沙伊坦旁边的草垫上等着他们的到来。

老纳格比任何人都更了解丛林的生存之道，包括其中的狡诈和背叛，以及各种野兽，他都了如指掌。过去，他曾带领着大象群到基昂领地上最远的狩猎场去狩猎。拉尼和他的同伴即将面临神秘的考验，而他也许是唯一深谙这神秘考验的人。虽然男孩们没有表现出来，但随着时间一天天流逝，那个日子越来越近了，他们每个人都开始感到焦躁不安。

天空每天都显示出日期将至的迹象。因为当夜幕降临丛林时，每天在森林上空升起而又落下的月牙也变得越来越细了。

老纳格说："等到月牙磨得像细细的一根线时，那就是时候到了。所以，拉尼，你必须要做好准备。"

这天晚上，他们又聚在一起了：拉尼、拉奥和蹲在沙伊坦身下的纳格。老猎人说话断断续续，含糊不清，因为他的舌头被割掉了，已经残缺不全了。他的声音就像丝丝气流，就好像他还担心丛林会偷听到他对孩子们说的话，发现他泄露了一些秘密一样。

沙伊坦伸了伸鼻子，转向迎风的方向，突然停止了咀嚼稻草，去倾听它那渐渐隆起的肚子发出的咕噜声。一只夜鸟掠过树枝，纳格的朋友小松鼠们也停止了它们细小的吱吱声。沙伊坦软软的大耳朵垂到肩膀上，它又开始用鼻尖整理稻草。纳格的狗睡得正香。

纳格开始讲述起来。

"一开始，那里只有丛林。"他说道。

纳格老了。他总喜欢从头开始讲起。

"是的，丛林，也就是老虎沙卡的王国。没人知道第一个基昂部落的人来自哪里。"

"从山那边来的。"拉尼说。

"也许吧，"纳格说，"他们靠打猎为生，一直在寻找一个栖息之地。最后部落就落脚在这里。这位带领整个部落的基昂人，一个人孤勇前行进入丛林，想与动物群落和丛林的主宰者结盟。"

"是老虎沙卡吗？"拉尼说。

"是的，第一个基昂部落的人，"纳格说道，"在遇到老虎之前，他独自在森林里过了好几个月。"

"他向它发出挑战了吗？"拉尼问，"他们之间搏斗过吗？跟我们说说吧，纳格。"

"我不知道，"纳格说，"没有人听说过第一个基昂部落的人和沙卡之间发生了什么。当首领从树林深处回来时，只告诉部落的人，他已经和老虎沙卡缔结了盟约。沙卡同意把这块土地借给我们的人民。"

"是的，我知道。"拉尼说，"所有的土地，从恒河河岸到丛林的最深处，再到山脉边。"

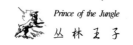

"这片土地后来成了基昂部落的王国。"纳格继续说,"人们在两条河之间建起小屋,在稻田里播种。他们在这里安顿下来,世世代代在这里居住。"

拉尼和拉奥曾多次听过关于他们祖先早期生活的传奇故事。虽然他们一遍又一遍地听老纳格讲部落第一个首领的传说,但却从不厌烦:他独自深入森林里,和野兽们生活在一起。

因为大象营地里的许多小伙子都要经历这种不同寻常的冒险。很快,当满月变成月牙,再渐渐从天空中消失时,他们也会独自深入丛林,去与动物们见面,就像早先他们的第一个首领所做的那样。

"这是流传下来的规矩。"纳格说。

很久很久以前,在所缔结的盟约中,他们达成了这样的共识:每当首领去世,丛林部落和虎王沙卡将从他的儿子中选出继承者。这个规矩,代代相传,直到今天。

"一开始,这只是一个小部落,由几个男人组成,他们接管了属于沙卡的广阔土地。但从那时起,基昂部落渐渐开始成长为一个伟大的民族。治理他们的可汗有很多孩子。我们部落最高贵的家族就这样建立起来了。"

"现在他们成了敌人,"拉奥说道,"人们也形成了两个派系,要么站在这一边支持拉尼,要么站在另一边支持亚辛。"

"可他们都是同根同源,"纳格说,"他们的孩子就像拉尼和亚辛一样,在丛林中接受考验的时候,都拥有同样的权利。"

"但他们的机会并不相同。"拉奥说。

"你为什么这么说?"纳格问道。

拉奥激动起来，"就是不同，纳格，不一样的！"他说，"他们的机会并不同。否则就不公平了。我告诉你，没有人会同意亚辛应该是赢家。"

"亚辛很勇敢。"拉尼说。

"他恨你，拉尼，"拉奥反驳道，"你一定要多加提防他。如果他不受帕尔卡·帕拉尔的摆布话，也许他就不会这么野心勃勃了。记住，你是他唯一真正害怕的对手。他会不择手段地打倒你。如果他有机会，他会彻底摧毁你的。"

"那他就是耍阴谋，玩手段了，"拉尼低声说，"要不然，我向他挑战，让他和我光明正大地面对面较量。"

他的眼睛里闪过一丝凶光。

红发男孩的声音里夹杂着一丝遗憾。

"他知道他不是更强大的一方，他也知道我会让他见血的。"丛林王子说。

"安静点！"纳格说，"血，血，永远是血！你们两个家族之间还折腾得不够！你们的热血不会沸腾太久的。等着丛林来考验你们吧。丛林会决定谁最配为可汗。"

"一定是拉尼！"拉奥说。

"我也真心希望如此。"

"当然是拉尼，"拉奥重复道，"城里的和稻田里的所有百姓都拥戴他为首领。纳格，你要是听到了，就知道加拉德的街头人群是如何为他欢呼的了！你知道他们都叫他什么吗？称他为丛林王子！"

"他确实当之无愧。"老猎人说。

"好吧，纳格。"拉奥说，"你曾经和大象一起走遍了基昂领地内的所有森林去狩猎，你一定知道丛林里的一些秘密。你肯定知道的。"

"我知道一些。"老猎人说道。

"那你一定要告诉拉尼，就单独告诉他一个人。"

"也许吧，"纳格说，"但丛林总是有新的手段和诡计。它每天都会设置新陷阱。"

"拉尼必须成功，我们要竭尽全力。"拉奥说。

"你可真是他的好朋友。"老猎人说道。

"我们不是兄弟但却胜似兄弟。我愿为他豁出我的命。"

老纳格拉着拉奥的手，紧紧握了一会儿。沉默了良久后，他低声对他说：

"如果丛林要你的命，想要夺走它，就一定会夺走，拉奥，但不是让你用你的命去换你朋友的命。"

"为什么不行呢？"

"不，拉奥。各人有各人的命运。当你们进入森林进行数月的隐居历练时，你们每个人都会独自前行；是的，完全独自一人去走自己的路。"

寂静突然变得无比压抑！甚至听不到小红蝙蝠发出的像铃铛一样的清脆声音。它们成串地倒挂在树枝上，蜷缩在翅膀里睡着了。

沙伊坦拉动了一下它的锁链，链子就哗啦哗啦地作响。它的喉咙肿了，无法发出声音来。那被压抑的叫声，就像块石头卡进了它的喉咙，为了让它下去，老象踩着脚边的草席，又开始啃起稻草。整个大象营，从营地的这一头到那一头，拴在树荫下的被俘虏的大象踏着沉重的步子，发出低沉的声音。它们在原地踏步，本能驱使着它们即使站着，也仿佛是在配合着远方丛林里一群野生兄弟前行的步伐——它们现在一定在遥远的丛林中迁徙。

"丛林在活动。"纳格说。

所有的野外猎食者都在四处觅食。在山谷里，一只花豹刚刚在树下捕杀到猎物，受惊的猴子们在树枝间仓惶逃窜。

可以听到黑野牛小库里的喘息声，它在四处走动，透过竹栅栏对马嘟囔嘟囔地说着什么。

整个丛林活跃起来。

"纳格，"拉尼问道，"我们一进森林，动物们就会来迎接我们，这是真的吗？"

"是真的，"纳格说，"它们会的。一开始你看不到它们。但它们会在那里等着你。你过去时，它们会透过树枝窥探你。大大小小的所有的动物：大象、黑豹、金钱豹、熊、花豹和野牛。"

"那老虎呢？"拉尼低声问道。

"就是老虎差遣丛林的其他部下去见你的。但沙卡不会离开它在丛林最深处的巢穴；只有成功来到它身边的人，它才会出来相见。是的，你不会立刻看到这些动物。它们都隐藏在灌木丛的深处，你甚至都听不到树叶的声响。"

"那时天会很黑。"拉奥说道。

"是的，在新月之初。"纳格说，"动物们会有时间好好看清你，选择自己需要的人。"

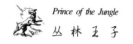

"它们会选什么样的人？"拉尼问道。

"耐心点！它们有自己的选择。你往森林里越走越深，它们整晚都会跟着你的踪迹。然后，天就亮了。"

"然后动物们就会露面了吗？"拉尼问道。

"是的，但它们会非常小心。它们会向你示意的。但你们每个人只能看到一种动物，一种与自己地位相称、等级相符的动物。"

"动物的世界也有地位或等级之分吗？"

"你知道的，拉尼，就像我们人类社会一样。大象是第一个做选择的动物，它会挑选一个男孩，带他到丛林深处的象群中去——它认为这人值得介绍给它的群落。那个幸运的男孩将加入象群，与它们生活在一起，成为它们的一员。"

"那其他的动物呢？"拉尼问。

"黑豹、花豹、野牛等丛林部落的代表将依次选择，确定哪个男孩将跟随它们去领地，并邀请他与它们的部落一起生活。"

"猴子呢？"拉奥笑着问道。

"不要小瞧丛林部落中的小家伙们，"老纳格严肃地说，"没有人能事先知道是哪种动物会把丛林选中的那个人带到沙卡的巢穴，可能是果子狸、野猪、松鸡或石鸡，也可能是从树枝上掉下来的小绿猴。"

"他将面临所有最艰难的考验，对吗，纳格？"拉尼说。

"是的，而且他有足够的勇气克服这些考验。为了把他——那个被选中的人，带到它的王国，沙卡可能会派野牛阿诺亚去，也可能派豪猪耶克去。然后，有一天……"

男孩们屏住了呼吸。

"那一天，高高的芦苇丛会打开。尊贵的虎王将浑身金光闪闪地出现。"

老纳格说到这里停了下来。

拉尼和他的朋友们充满了好奇，开始憧憬着与沙卡的激动人心的相遇。他们现在知道，这是对此时正睡在大象营里的十二个男孩，十二个首领的儿子中的每一位平等的承诺。而他们在睡梦中，一定也梦到了这个场景。

高高的芦苇丛会打开。虎王沙卡最终会在它选择的人面前现身，并与他续订盟约。所有的丛林王国的动物都会比稻田里的人先知道这位年轻首领的名字。他将凯旋，统治基昂领地上的猎人和战士。那个和沙卡一起生活、一起狩猎的男孩将会是真正的丛林王子！

这个名字不是在稻田泥泞中劳作的农民命名的，也不是在恒河上划着舢板的渔民命名的。只有丛林才能将这一名字赐予那个曾经独自面对荒野中无尽黑暗的人，只有丛林和沙卡才有这个权力。

"去睡吧，"老纳格说，"夜晚会很漫长。还要再经历很多个夜晚，号角声才会召唤你们下到山谷里去。"

"要等到月底呢。"拉尼说。

"是的，"纳格说，"当时候到了，就该去传达消息了。到时候必须要告知丛林，这样动物们才能来森林边等你们。去睡吧。"

"晚安，纳格。"

当他们走到"堡垒"里准备睡觉时，两个男孩遇到了正要去

051

巡视的阿加尔和卡尔基。

　　在营地的另一端，从不睡觉的老纳格，会整夜用丛林语言跟沙伊坦和他的狗交谈。当然还有那些小松鼠，它们会爬上他的胡子，分享沙伊坦用脚掌代它们踩碎的坚果。

五、比　赛

　　几天过去了，一天早上，号角终于吹响了。在营地里，孩子们已经醒了，透过树枝，看着曼达拉山脉上空那一缕小小的月牙儿正渐渐消失。

　　这是一个盛大的比赛日子，众首领的儿子们，这些来自大象营的男孩子们，要在加拉德所有人面前展示他们青春的骄傲，展示他们的实力和智慧。这一整天，这些基昂高贵血统的男孩都将在各种游戏、箭术和赛马等比赛中度过。经过各种激烈的角逐，男孩们才会隐入丛林。

　　男孩们也像两个家族一样，因为竞争而分裂成两个互不妥协的派别。今天，命运将在拉尼和亚辛之间做出第一次选择。获胜者将享有当晚向丛林传递消息的殊荣。

　　这条消息是由卡利神庙的大祭司帕尔卡·帕拉尔刻在一张金箔上的。以下是他用铁笔为老虎沙卡和它丛林里的子民刻下的文字：强大的基昂部落将派遣他们最勇敢的儿子们去见沙卡。希望

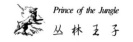

沙卡在他们足迹所到之处为他们在荆棘丛林劈出一条道路。也希望沙卡派遣它的使者迎接。虎王一定知道，基昂部落的人忠于他们的盟约，为了保卫王国的广阔土地，他们曾不怕牺牲，来对抗卡拉那部落。

金色的信笺会被丛林信使在无月之夜送入森林。他要在丛林中找到一块空地，那里有一棵古老的榕树，盘根错节地长在一座小塔楼的废墟中。在那里，他会用匕首把丛林信息钉在树干上。

因此，当铜管和象牙制的号角响起，声音响彻整个山谷时，营地里会立刻沸腾起来。

"伟大的日子终于到来了，纳格！"拉尼喊道。而后，他穿过营地，大声下达命令。

"亚辛、阿加尔和其他四个人：给马备鞍。准备阅兵！拉奥、卡尔基和其他人：跟我来，一起来给大象刷洗。"

太阳刚从平原上的芦苇丛中升起，营地里的战马就已经在"堡垒"前集合了，马儿都在不耐烦地刨地、跺脚。还有许多大象挤在沙伊坦后面，像一块块蓝色的石板闪闪发亮。拉尼和他的伙伴们刚用草束用力地给它们刷洗过，它们身上还在滴水。

"上马！"拉尼喊完便跃上了伊斯帕希尔的背部。"纳格，我想让你来参加阅兵式。你要跟在我们后面带领大象。沙伊坦会驮着你。你给他下命令吧。"

"我太老了，拉尼。沙伊坦可能会用它的鼻子像折断枯枝一样把我折成两段。"

但拉尼不接受拒绝。沙伊坦听他的指令，他一声令下，这头庞然大物就会跪下来，绷紧肌肉，准备用它的长牙从泥沼中挖出一根巨大的木头。

"什维吉，沙伊坦！"

老象犹豫了一下，肩膀左右摇晃，不太明白小主人要它做什么。拉尼对它的要求是这样的：用鼻子把老纳格和他忠实的伙伴——那只瘦骨嶙峋的黄狗——从草垫上安全地抬起来，不要伤害到他们。沙伊坦举起长鼻轻轻地卷起老纳格，然后卷起黄狗，把他们依次抬起来，安放在它肩后的背上。

"前进！"

拉尼踢了踢马刺，策马疾驰。紧随其后的是一群骑兵，在尘土飞扬中穿过营门，沿着通往加拉德的狭窄小路疾驰而去。拉尼一直急速前行。一伙人像一阵狂风一样冲入了郊区，然后穿过城镇的街道，直奔广场。广场上早已人头攒动。

啊，多么喧闹啊，简直难以形容！即将举行比赛的大围场挤满了人。号角声尖厉而刺耳，欢乐的人群喊声高涨。

在卡利神庙前的庭院里，身着深红色和黄色长袍的祭司们以及所有的重要人物都围坐在帕尔卡·帕拉尔的周围。帕尔卡·帕拉尔坐在金光闪闪的华盖下的宝座上。在广场的另一边，神庙的对面，沿着长长的榕树大道，战士们成排整齐地站立着。他们都骑着马，按照他们的区域围着各自的首领。在炽热的阳光下，这上千匹马看上去就像汹涌澎湃的红潮，因为每一匹马的鬃毛和尾巴都被指甲花染成了鲜亮的红色。

拉尼踩在马镫上，在飞驰的同伴们前面站起来，举目看向看台，直到看见了拉芙娜和塔妮特，他挥手向他们致意，手势优雅

而有力。

"耶——嗬！"

听到这个信号，跟在拉尼身后的男孩们纷纷把脚从马镫中抽出，松开缰绳，一跃而上，站到了马背上。在一片红色的尘土中，这群年轻的骑手在这一大胆的表演中飞驰而过，每个男孩都站在马背上，大声呐喊，展示着他们的勇敢和活力。

现在，比赛即将开始。

首先是歌舞表演，随后是摔跤和斗鸡比赛，还有赤脚走过火焰沟的苦行僧表演。但是，观众们最热切期待的活动是长矛比赛，那是各首领的儿子们为争夺最高荣誉而进行的较量。

"太棒了，拉尼！他来了！我们的丛林王子！"

是的，甚至在号手吹响比赛开始之前，他们就在为拉尼呐喊助威了。

这时，大象出现在竞技场上。他们的表演是整个比赛的开始。拉尼非常确信，他能够凭借沙伊坦的表演击败对手。沙伊坦虽然是一头大象，但确实如他的兄弟一般。它可能脾气古怪，但也非常聪明。拉尼要向加拉德人民和他的族人们展示，他是如何教会这只强大的半驯服的野兽服从他的意志的，而这头"丛林之王"曾经杀死了三个驯象人。

拉尼教过他的大象表演一种最危险的特技；每次他们练习时，拉尼都会面临可能折断脊背的危险。然而，面对危险，像一粒谷子一样在空中飞行，是多么令人兴奋啊！当拉尼和拉奥把象群带到河边喝水时，他们一次又一次地练习这个特技。因为在这个表演中，沙伊坦需要一个搭档。这个搭档就是老象洪——拉奥的可靠的老伙计。

啊，如果老纳格的眼睛没有坏掉该有多好啊！要是他也像所有观众一样，能看着沙伊坦怎样服从拉尼就好了！拉尼再次看了看塔妮特。他看见她解下那条重得像条花蛇一样的茉莉花项链，把它扔进了竞技场。

"准备好了吗，拉奥！"丛林王子招呼道。

拉尼把沙伊坦安置在离象群整整一百步远的地方。百步开外，一群灰色的大象挤在一起。在象群中，拉奥在自己的大象头上发出信号，示意他准备好了。

"沙伊坦！"拉尼贴近大象的耳朵呼唤，厉声命令：

"阿博克！起！"

然后，他用铁钩把沙伊坦的鼻子猛地向上拉，往后拽，大象呻吟起来。拉尼站在沙伊坦头顶，被象鼻卷住了腰；他立刻捅了大象一下，示意它向前猛冲过去。然后，他闪电般钩住它的一只耳朵，阻止了那头在激动时猛烈扇动耳朵的大象。

人群中发出一阵惊呼，他们看到沙伊坦突然像弹弓一样甩出鼻子，将拉尼蜷缩的身体以巨大的力量抛向空中，仿佛抛出一颗小石子一样。

"洪！"拉尼在半空中喊道。

拉奥早就在等待这个时刻。啊，如果大象洪没有精确地进行配合，没有像他们在河边练习这个特技时那样立刻服从命令，后果将不堪设想！拉奥已经让洪后腿站立，把它笨重的前腿搭在它一个灰色兄弟的背上。它伸出鼻子，等待着，抓住了沙伊坦抛向空中的人体子弹。

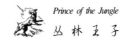

雷鸣般的欢呼声响彻了整个竞技场，这是对拉尼身手的肯定。

"你看到了吗？"拉奥对他说，"看看亚辛。"

亚辛脸色变得非常苍白。

"他很生气，"拉奥说，"他已经被打败了，他很清楚。"

清场的号角再次吹响。卫士们驱走了涌进广场的人群，人们仍在为他们的英雄而欢呼。

现在，基昂部落的年轻战士们将展示他们的射箭技艺。广场上有一排旗杆，各种颜色的旗帜正迎风飘扬。每个参赛者在自己特定颜色的旗帜下就位：红色代表拉尼，绿色代表亚辛，黄色、蓝色和橙色代表其他人。这些年轻弓箭手使用的箭也被涂上了他们相应的颜色。

所有的观众都已经看清楚了这些旗子，所以现在将它们从桅杆上降下来。在每一轮射箭比赛结束后，获胜者的旗子将会被再次升起来。

男孩们在赛场中央排成一列，单膝着地，拉满了弓，箭头朝向天空。在他们身后，一个鸟笼被打开了。一只秃鹫被放了出来，展开翅膀，飞过他们头顶，平稳地向上飞翔。

一声尖锐的哨声响起！听到信号，所有的箭齐刷刷地射向天空。浑身插满箭头、像刺猬似的秃鹫掉落下来。这个目标很容易射中。桅杆上现在升起了四种颜色的旗帜——红色、绿色、阿加尔的蓝色和拉奥的黄色。

接下来，又放飞了一只猎鹰。这只鸟儿已经越飞越高，当它开始倾斜转向时，哨声响起。箭嗖嗖地腾空而起。啪，一根弓弦断了——是拉尼的弓。

丛林王子强忍住咒骂。

"用我的吧。"拉奥说。

"不用！"

"你根本没有时间重新给弓上弦了。快，用我的。反正我也不会再射了。"

这次只有一面旗帜升到了桅顶——绿色的。

"稳住，拉尼，"拉奥看到朋友的手在颤抖，于是在他的耳旁轻声说，"我的弓没有你的弓那么好拉，容易抖动。但这也是一把好弓，你以前也用过。瞄准点。我要给你换根弦。"

这时一只白鹰从驯鹰师的手中飞出。它的翅膀有力地张开！这只高贵的鸟儿飞了起来，像一支箭笔直地冲太阳而去，闪烁的翅膀发出呼呼的风声。很快，那只鸟成了一个小点，消失在刺眼的阳光中。哨声响起。只有一支箭挨近这只来自白雪皑皑的高山的鸟儿，射中了它。白鹰落了下来，在离弓箭手只有两英尺的地方，翅膀展开着轰然坠地。

所有的目光都转向了桅杆：绿色的旗帜升了起来。

"亚辛！万岁，万岁！"

人群中又爆发出一阵欢呼。但他们现在是为亚辛欢呼，就像他们刚才为拉尼的成功大声欢呼一样。

"现在，拿出你最好的状态，好好射出最后一支箭，"拉奥说，"来，拿好你的弓。这一次弓弦不会让你失望的。"

"你听到他们的欢呼声了吗？"拉尼说。

"把握住，"拉奥说，"好运自然会回来的。你知道亚辛从来都不是你的对手，即使在射箭方面也是如此。准备好了！"

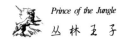

现在最后一个笼子被打开了。一群小鸟飞了出来，它们可真小啊，甚至还没有它们叽叽喳喳的叫声大。小鸟们被风吹起，像一把小米一样散开了。上百个小黑点在飞行中纵横交错。箭头指向这里，指向那里，指向每一个鸟飞的地方，直到哨声一响，所有的箭都飞了出去。

"万岁，万岁！"

亚辛确实有理由为胜利而感到自豪。桅杆上升起了两个颜色的旗帜——绿色的和红色的。但不知怎的，人群似乎只看到了亚辛射中了猎鹰和白鹰；显然，亚辛是箭术比赛的最后胜利者。

所有的男孩站成一排，挥舞着他们的弓。拉尼也和他们一起，也使劲地挥舞着。他还没有被打败。接下来还有一场比赛。就像他在大象比赛中依赖沙伊坦一样，现在他要把机会押在伊斯帕希尔和它的勇气上。

男孩们即将参加的骑马投枪比赛将最终决定比赛胜负。

号角最后一次吹响，他们迎接最严峻的考验。其实，这场比赛并不需要流血。但是，这场标枪比赛的最后胜者是当晚把消息带到丛林的使者。这也表明所有的男孩确实都有平等的机会。

在赛马场末端，排成一列的马儿正在用蹄子刨着地，而它们的骑手则用力拉紧了缰绳，试图控制它们。这些马喘着粗气。巫医给它们喝的药水使它们张脉偾兴；然而，拉尼拒绝在它的马的大麦中掺入任何药物，伊斯帕希尔这时全身紧绷。那些东西会增强马的力量，但也会迅速耗尽马的体力。

拉尼在做什么？他在用手给马儿梳理鬃毛。

　　他从马背上跳下来，抚摸着马儿那修长的四肢，轻抚着它那宽阔的胸膛，他是在安抚自己的骏马。伊斯帕希尔以前从未在他的触摸下像现在这样颤抖。

　　"伊斯帕希尔，我的宝贝！"

　　低沉的嘶鸣声回应了拉尼的话语——低沉得像一种抱怨，拉尼从骏马的眼中看到了一簇火苗，那是马儿感觉焦躁不安时，眼中闪烁出来的。

　　"我的宝贝！"

　　他再次抚摸着它那湿润的鼻孔。这匹马从来都不喜欢嚼子，但今天它却咬得很紧，好像怕它掉出来似的。

　　"放松点！"

　　他俩——狂野的年轻王子和鼻孔里冒着火焰的骏马——都紧张不安。

　　拉尼飞快地松开马儿的肚带，卸下马鞍，尽管马鞍很轻，但他还是拽下豹皮马鞍。他又卸下伊斯帕希尔的嚼子，只在它的鼻子上系了一根缰绳。

　　"你疯了啊！"拉奥说。

　　但拉尼一个字也听不进去。他一只手抓住缰绳，把头靠在马脖子上，和它说话。接着，他贴近马的肩膀，在它身边走了一会儿。然后，他大声地鼓励伊斯帕希尔，鼓励它往前跑，当马开始奔跑时，他一跃而起飞上了马背，双膝牢牢夹住了马儿光滑的身体。随后，拉尼让马儿后退一点，站在离起跑线稍远的地方，让伊斯帕希尔自由活动，为即将开始的比赛做好准备。

　　"好了，伊斯帕希尔，放松点。"

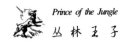

拉尼和其他骑手站成一排，站在拉奥和亚辛之间。

面对看台，距离神庙柱子二十步远的地方，男孩们已经确定好了作为比赛终点的柱子。在骑马标枪比赛中，这个柱子代表了盟约之树。像高大的祭祀柱一样，它也是红色的。在红色的映衬下，金色的靶子像一片阳光一样，被用丝线系在树皮上。

护卫们现在给孩子们带来了他们的战矛。这些矛又细又长，尖头是双刃的，矛身上装饰着五颜六色的旗帜，显得非常华丽。参赛者首先需要在赛道上跑两圈，在这期间，他们会将战矛的矛身贴近马身靠在马镫上，以便让马儿奔跑时更加自如。只有当他们到达最后一段赛道时，每个骑手才会抓紧自己的战矛，调整好姿势，全速冲过终点，把战矛插进金色靶子的中央。

小号一声长鸣。

伊斯帕希尔扬起前蹄，落下，缩拢身体，准备一跃而起，进行一次猛烈的冲刺。

"耶——嗬！"

骑手赤裸着上身，双腿紧夹着马身，膝盖高高抬起，伊斯帕希尔几乎感觉不到他的重量。

这匹神奇的骏马立刻加快了速度，领先了由拉奥和亚辛带领的一群马好几步。马蹄下沙土飞扬。现在马儿们正靠近河流，那是赛道的另一端，它们要在那里转弯。

他们很快消失在一片尘土中，几乎消失在观众们的视野中。

"拉尼！拉尼！"

远处，所有的目光都注视着榕树大道上的弯道；他们现在认出了丛林王子的红色围裙。他赤着上身，头发飞扬，紧紧地伏在黑马的脖子上，仍然遥遥领先。

伊斯帕希尔正在飞奔而来。拉尼如同离弦的箭，以惊人的速度领先于那群在宽阔的广场上飞驰的其他骑手。他看起来仿佛在拉着身后的一群马一样。马儿们的鬃毛迎风飞舞，骑手们的头巾也在随风飘扬。

塔妮特闭上了眼睛。人群兴奋得发狂，当马疾驰而过时，他们大叫呼喊。

"万岁，拉尼！万岁！"

他们欣喜若狂。他们什么时候见过这样的骑手：没有马鞍和马刺的辅助也能在这样激烈的比赛中领先！他似乎俯身把马儿拥抱在两膝之间，此时马儿是那么俊美，那么强壮，那么无拘无束！伊斯帕希尔像一支黑色的箭一样飞过。当骑手贴近马儿的耳朵跟它说话时，骏马的每一次呼吸都像在进行回应。小骑手那么轻盈，仿佛漂浮在马鬃之上！

马群第二次消失在河道的弯道处。几乎同时，他们又出现在林荫大道的尽头，以极快的速度冲了过来。

"拉尼！"

丛林王子仍然领先，但亚辛的栗色骏马正在迎头赶上，快要与伊斯帕希尔并驾齐驱了。

啊，最后一圈的终点就要到了。马蹄声似锤，砰砰地敲打在每个人的胸膛上。当马儿口喷着白沫呼啸而过时，人们可以听到它们沉重的喘息声，鞭子的噼啪声，骑手的呼喊声。他们吆喝着，鞭策着马儿，马儿身上鲜血直流！这是决定性的时刻。男孩们咬紧牙关，满头大汗，身上闪着赭色的尘土，就像复仇女神驱赶着

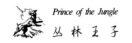

他们的坐骑一样。他们恨不得把马儿腿上的最后一丝力气全都榨出来。

"拉尼！"

他仍然处于领先位置。

但只有拉尼知道伊斯帕希尔已经开始力不从心了。这匹了不起的马儿几乎耗尽了它的力量。和它的骑手一样，它觉得亚辛的马正在追赶，现在已经快要追上了。

"耶——嗬！伊斯帕希尔！"

是的，就在胜利在望的时候，拉尼却意识到胜利正在离他远去。人群倒抽了一口气：他们也猜到了要发生什么。当离红柱只剩约一百步时，紧张的气氛达到了高潮。

就像站在看台上、脸色苍白的塔妮特一样，人群也正要发出惊叫。

"啊——啊——啊！"

然后，所有的喊叫都停了下来。

丛林王子拔出匕首，斜趴在伊斯帕希尔的身上，面带痛苦的表情，他将匕首直接插进了马的后腿里。

"耶——嗬！"

这匹野兽被这野蛮的攻击刺激得向前冲去。只需再多走几步——离终点只有五十步①，胜利就在眼前了。亚辛的马现在也累了，也正逐渐失去优势。就剩三十码②了！

"耶——嗬，伊斯帕希尔！"

———

① 马跑一步大约是 1.2~1.5 米。

② 一码大约为 0.9 米。

　　这最后的呼喊更像是一声怒吼，骄傲的骏马却似乎听不见了。拉尼感觉自己的马就要倒下了。他拿稳长矛，全身的肌肉紧绷，手臂向后挥动，准备投掷。就在他连人带马摔倒的时候，丛林王子孤注一掷地最后一次瞄准了金色的靶子。当他倒地的那一刻，他用尽全力投出了长矛，差点就击中了目标。

　　"万岁！"

　　亚辛的栗色骏马一跃而起，伊斯帕希尔和它的骑手却倒在沙地上。拉尼抬头，只见那匹马从他头上飞过，腹部滴着血，驮着他幸运的对手。

　　"万岁！亚辛！亚辛！"

　　帕尔卡·帕拉尔和他支持的家族都欢欣鼓舞。亚辛从马上跳下来，向人群鞠躬，站在红色柱子旁；他的长矛插在那里，将丛林的消息钉在树皮上。

　　拉奥跑上去扶起他的朋友。拉尼没有受伤，但他的心却在滴血。有那么一会儿，他完全忘记了他错失的荣耀。他没有听到赛场上传来的阵阵掌声，他也没有看到亚辛在胜利中被人群簇拥着离开。他只是久久地凝视着脚下那匹高贵的骏马。尽管伊斯帕希尔的背部折断了，但它还是努力地抬起它那俊美的头颅，看着拉尼。伊斯帕希尔的嘴里满是血沫，眼睛已经开始模糊，但它仍在努力地诉说着什么。

　　"伊斯帕希尔……"最后一次，那个亲切而熟悉的声音在它的耳畔低语着。

　　广场上不久前还挤满了人，现在却是风流云散了。跟随着祭司们的队伍和胜利的号角声，人群和亚辛一起向纳迦神庙——蛇

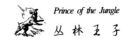

神庙走去。神庙位于森林边缘，亚辛必须在那里开始他的旅程，独自进入林地，将信息带到丛林中去。

夜幕降临。"走吧。"拉奥说道。

六、丛林报信

大地漆黑一片，一丝风也没有。周围寂静无声。即使在树林边，湿热也让人喘不过气来。脚下满是苔藓，一不小心，碰到的枯叶就会噼啪作响。绒绒的蕨类植物粗壮而挺拔，踩过也不会被压折。人可以屏住呼吸，但是却无法控制炽热的大地的喘息——就如人起伏的胸膛一样。

拉尼摸了摸腰间的匕首，上面还残留着伊斯帕希尔的血，刀鞘已经被染红了。

他低着头，佝偻着肩膀，静静地向前走去，眼睛一直盯着脚下那条模糊的小路。

他默默地往前走去，像猫一样，没有扰动任何一片叶子，又像一只追赶猎物的猎豹一样，无声无息。

比赛结束了，拉奥终于把他的朋友拖到了提吉·汗的宫殿，拉芙娜和塔妮特正在那里等他，两个人都非常伤心。

拉尼进入大厅，他手持长矛，径直走向了神坛。

"拉尼！"

塔妮特扑过去紧紧抓住他的胳膊。拉尼粗鲁地推开了她，她差点儿摔倒。

"别管我！"

"不，拉尼，你不能这样！"

拉芙娜沉默了。拉尼现在已经是个男子汉，是他父亲宫殿的主人。而塔妮特这个外人，这个卡拉那部落的后代，却在大声喊叫，想要阻止拉尼亵渎神明的举动。狂怒蒙蔽了他的双眼，这狂乱的男孩甚至不怕触怒众神。他用长矛掀翻了神像，击碎了卡利女神那邪恶的嘴脸，把长矛刺进了这个偏袒他对手的残酷女神的嘴里。他一脚踢翻了燃烧香烛的香炉，踩碎了鲜花和米饭祭品。

这些是帕尔卡·帕拉尔的神！亚辛的神！

"拉尼！"

他又一次把塔妮特推开。

晚上，丛林王子来到赛场上俯身看着他那再也站不起来的马儿，俯身去抚摸它时，他跪在那里好一会儿都站不起来。他被失败打倒了，感到自己无法呼吸。亚辛是获胜者。亚辛打败了他。这简直就是奇耻大辱啊！

现在他已经回家了，这种难以忍受的感觉却挥之不去。这使他怒火中烧。什么也不能缓解他那狂热的仇恨和愤怒。然而，他的骄傲并没有被打败。他只是时运不济，他仍是更强大的一方。

想想在箭术比赛中，弓弦突然断了！然后，伊斯帕希尔在比赛中摔倒了！甚至在比赛开始之前，它的眼睛就已经充满了血丝，一碰到它的小主人的手，它就紧张地浑身颤抖。

"他们给我的马吃了什么，拉奥？他们不能对我怎么样，因为有你这个护卫。他们无计可施，所以毒害我的马！一群懦夫、小人！伊斯帕希尔才是你应该看护的。"

丛林王子对他们深恶痛绝，眼睛里猩红一片。

"拉尼，听着——"

"不要管我！"

"愤怒蒙蔽了你的双眼。"

拉奥试图让他的朋友冷静下来，但是没用。拉尼已经怒不可遏。

"你们说得对。除了背后耍手段，没有什么能打败我。他们毒死了伊斯帕希尔。我要他们血债血还。"

"拉尼！"

"他们到底给它吃了什么？它那么坚强，即便快要死了，仍然还在飞奔。拉奥，你知道吗，在那场比赛的最后，是我在激励着它！它只对匕首有反应。在摔倒前，它差一点就到达终点了。要是我早点扔出长矛就好了！"

"忘了吧，拉尼。你会找到复仇的机会的。"

"复仇！啊，我可以告诉你，我要去复仇。今晚，拉奥，就在今晚。"

"你要去哪儿？"

"去哪儿？"

"拉尼！"

"啊，你猜到了！"

"你简直是疯了！"

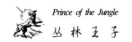

"也许吧。但什么也阻挡不了我。亚辛和我还有最后一轮比赛，这还没结束。这次不会有人看着我们的。"

"拉尼，听我说。"

"不，拉奥。我去世的父亲也阻挡不了我——今晚我们将看看谁才是强者，亚辛还是我。在我们中的一个把信息钉在丛林里的盟约树上之前，另一个必须先倒下。"

"拉尼，我——"

"不！记住，不要试图跟踪我！"

丛林王子一把推开了他的朋友，冲进了夜色中。

尽管头顶的枝叶茂密，但森林似乎没有那么黑暗了。脚下的土壤和苔藓发出淡淡的绿色光晕，在空中形成一种苍白而又朦胧的雾气，神奇而又隐秘地映照着丛林中闪亮的眼睛，那是虎猫和果子狸正在狩猎觅食。

拉尼又加大了步伐。他不停地跑啊，跑啊，只知道一路奔跑。小心点，别撞到枯枝上，它会折断发出响声。

亚辛已经遥遥领先。但他为什么还要奔跑呢？他肯定是从这条路走过的。这条路通向小宝塔，会经过一片片林间的开阔地，那里动物的足迹纵横交错，并留下了它们的气味。拉尼肯定会识别出它们的踪迹。但是人类的气味却不是那么容易找到的。而那天晚上拉尼追踪猎捕的并不是狐狸，也不是野猪。

眼前是第一片开阔地。最好还是直接穿过去，穿过那齐腰高的芦苇丛。有条可以穿过浅滩过河的小径，是雄鹿去小溪饮水时留下的。不对，浅滩还要更远点儿，在山脚的最低处，需要绕过一段急流。还是在这里过河吧，因为这里的河上横着一节大树干。

雄鹿的气味仍然萦绕在芦苇丛中。拉尼沿着它们新近留下的踪迹走下去，来到小河边。河水静静地流淌着。一只水獭潜入水中。因为它是棕色的，所以拉尼没有发现它，但他知道河里有一只水獭，他能听到它在游泳时磨牙的声音。

对岸非常陡峭。拉尼跳进了一个水坑：那里没有水，泥土仍然很松软。亚辛过河时并没有放慢速度。显然，他是在奔跑，他刚一跳上岸，脚印就在泥地里散开了。看来亚辛也是沿着雄鹿走过的小径前进的。

灌木丛越走越深。小路蜿蜒曲折，绕过一片片密不透风的竹林——黑豹的栖息地。

现在，拉尼每走一步，丛林都紧随其后闭合起来，拉尼就如同在丛林中行走的野兽。

周围越发寂静无声。月亮还没有升起，无法驱散森林中那种令人不安的神秘气息。

亚辛一定也听到了那令人窒息的黑暗在呼吸，而且也一定在聆听那幽灵的般声音，这声音让像潮水般起伏的高高芦苇丛中的空气在轻轻颤动。

拉尼停下脚步。他已经连续跑了六七英里，中途都没有停下来喘口气，他的心在怦怦直跳，可能会听不清周围的动静，也许有动物在觅食。他紧张地聆听着，试图感知那只看不见的动物。拉尼屏声静气地听着，在这漆黑的丛林中发现那只猎食的动物。

灌木丛里也静悄悄的。整个丛林都像拉尼一样在倾听、在窥视。那只动物正在酝酿什么计划。它一定在蹲伏观望。

拉尼抬起胳膊擦去额头上的汗水。他的手摸索着身边的匕首。

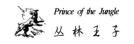

仿佛这样能让他战胜恐惧！此刻他的敌人就是恐惧。

然后，拉尼感到一股温热的血液涌遍了全身。在这一刻，他就是自己内心本能的主宰：他现在知道了是什么在追踪猎物，没错，它就是恐惧。然而，恐惧却吓不倒他。当恐惧来临时，他会毫不畏惧，而亚辛才是恐惧的猎物。

拉尼再次奔跑起来。他现在感觉自己浑身都充满了力量。也许他不再是孤军奋战了，不再是一个人孤单单地在追踪他的对手了。现在，恐惧成了他的帮手，他们一同去狩猎。

拉尼爬上了山顶。那里遍地都是裸露的岩石，被风吹得光溜溜的。远处山坡上是野火烧过的灌木丛。在灰烬覆盖的平地上，矗立着曾经像火把一样熊熊燃烧的高大树木，现在只剩下几根烧焦的高大树干。

拉尼全速穿过这片广阔的荒野。在高地的石丛间，他没能再找到对手留下的任何踪迹。这也是无能为力的事情。没关系，即使他无法再次找到这些踪迹，他也会超过对手的，在通往小宝塔的路上截住他，等着和他算账。

拉尼跑了起来，准备跳跃。

浅滩上鹅卵石咯咯作响。有动物刚刚涉水而过。是动物，还是亚辛呢？

拉尼在黑暗中探寻着。但四周一片寂静，没有任何动静。

树叶间传来沙沙声。那是一只动物。拉尼等待着，直到它跳出灌木丛。原来是一只长角的母羚羊。一种生活在芦苇丛中的小羚羊。拉尼没能看清水雾中朦胧的黄褐色光芒——羚羊的两个小尖角就像两个金色的斑点。

亚辛一定走了另一条路！于是，拉尼加快了步伐，跳跃着爬上山边峡谷的台阶。

经过这么长时间的激烈追逐，他还能追上另一个奔跑者吗？

拉尼继续飞跑，穿过一片泥沼地，一群野猪受惊而狂奔，发出咕噜咕噜的叫声。到了那边的斜坡上，他再次钻进灌木丛生的幽暗树林中，穿过荆棘和蒺藜。尽管他的身体被划破了，但是他继续奔跑。

终于，他来到了宽阔的河边，河水流向恒河的弯道。

拉尼一头扎进水里。他嘴里衔着匕首，像水獭一样在水面下游动。这河里到处都是鳄鱼，一只鳄鱼与他擦身而过。

距离目的地已经不远了。在这条杂草丛生的小路尽头，闪出了一片开阔地，高高的土岸上长着高大的树木。

拉尼放慢了脚步。

突然，他看见了亚辛！没错，他就在那儿，正慢慢地沿着小路攀爬。亚辛也突然停了下来，在侧耳倾听。

拉尼趴在地上，无声无息地爬过荆棘丛。

亚辛现在非常警惕。

拉尼趴着一动不动，目不转睛地盯着那个高大而瘦削的身影。拉尼在监视着亚辛的一举一动。

拉尼在狩猎时，从未体验过现在这种喜悦。这种美妙的感觉，就像一种梦幻般的清凉环绕着熊熊燃烧的烈火一样。

亚辛不敢再走动。他试探着走了一步，两步。拉尼用手腕支起身子，半抬起身来，准备跃起。

等等。亚辛只是站在那里，仔细听着，听着。然而，风中并

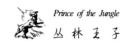

没有任何声音。亚辛感到心惊胆战。危险来自哪个方向？他还不确定。

一只豪猪穿过旁边的小路，离拉尼只有两英尺，但却没有看见他。它身上竖起的棘刺，如同佩戴着盔甲一般。它安静地小跑着，棘刺没有扰动起任何声响。突然，它转过身，又往回跑去。

一声尖叫响起，真的是可怕的尖叫，虽然很快被压制住了，但也足以让人不寒而栗。

拉尼站了起来；然后，他惊呆了，一动不动地站在那里。

哎呀，他以为自己才是猎人！但实际上并不是。他不是那个埋伏等待的人。伺机而动的是丛林中的一只黑豹。

黑豹的进攻犹如闪电，亚辛躲过了野兽的猛扑。但黑豹还是抓伤了他的肩膀，他尖叫起来。这时，黑豹又扑了过来。亚辛迎面等待着它。当黑豹跃起时，他向后一仰，双膝弯曲，一只手撑在地上，另一只手紧握匕首。刀刃向上猛刺出去，寒光闪闪，力量极大，那只黑豹在半空中被从头到尾划开了，倒在血泊中。

拉尼一跃而起，向前跑去。他欣喜若狂。丛林站在他这边了！

黑豹并没有死。它在垂死挣扎，痛苦地翻滚着，嚎叫着，用爪子抓住了亚辛的头。他们撕扯在一起，在石头上滚来滚去，男孩在拼命地挣扎。在激烈的搏斗中，拉尼看到了亚辛那张痛苦而扭曲的脸庞。那双猩红的眼睛充满了仇恨！拉尼准备好了迎接劈头盖脸的辱骂。辱骂在怒吼中爆发了出来：

"畜生！"

"去送信的不会是亚辛了！"拉尼大声喊道。

他猛地扑倒在地，愤怒地夺走了亚辛掉在地上的那张金箔，现在，这张金箔成了他胜利的凭证。这张珍贵的金箔，被压在两个打斗者的身下，上面已经血迹斑斑。

拉尼站起身来。他的胸部被划破了，是黑豹的爪子或者是牙齿划伤的？还是亚辛的匕首划伤的？管他呢！他现在有了战利品。他得意地在空中挥舞着它。

"丛林已经做出了选择！"拉尼喊道，"拉尼现在是丛林的信使了！"

然后，他拔腿就跑。

在百步远的空地的另一头，拉尼看到了那棵盟约树。那是一棵巨大的榕树，被藤条缠绕着，藤条的根须已经撑破了小塔的墙壁。

拉尼突然停了下来。在他的脚边，躺着一具伸展着双臂的骸骨，已经差不多化为土了。死者的头骨被豺狼和鬣狗咬碎了。一只手的骨头散落在生锈的匕首上。这位使者的命运就是这样，就在他准备往树上钉信件的时候却遭遇了不幸。他还没来得及把他带来的金箔钉在树上，与在苔藓遍布的树皮上的其他信件并列地钉在一起。

拉尼一动不动地站在那里，眼睛无法从巨大的树干上移开，那里钉着那么多给沙卡的信件。树干是红色的，和祭祀用的柱子颜色一样。所有的金箔都已经褪色了，皱皱巴巴地卷曲在刺穿它们的刀刃下！多少年来，一代又一代的人在月黑之夜——像今天这样的一个夜晚——把信件送到这里。每一封信件都是由一个基昂部落的人亲手钉在这上面的。

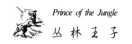

现在轮到他了。轮到拉尼了，他将是最近一位与老虎结盟的丛林王子。

他把手伸向那棵树。

"啊！"

他的惊叫声戛然而止。

头顶的树枝上，一株巨大的藤条垂了下来，在杂乱的榕树须根之间摇摆着。突然，它活了过来，挺直了身子，向他袭来。它像鞭子一样缠绕着他，捆绑在他的身上。

这是一条大蟒蛇！

在突如其来的冲击下，拉尼摔倒在地。他被粗壮的蛇身死死地困住了。但他仍然紧握匕首，紧握那宝贵的信件。他的胸部遭到了挤压，呼吸非常困难。他奋力挣扎，但蟒蛇缠绕着他的肩膀，而且越勒越紧。

拉尼拼命挣扎，肌肉几乎要崩裂了，总算扛着沉重的巨蟒勉强设法跪了起来，此时巨蟒的身体越收越紧。拉尼吃力地扭动着身子靠近那棵大树；他的手臂还没有被冰冷的蛇捆住，手里还握着匕首。他的脚被松动的石头绊了一下，差点摔倒，但是他的脚迅速钩住了榕树的树根。拉尼使出惊人的力气，向后弓起身子，死死抵着树干。

蟒蛇发出嘶嘶声，吐着蛇信，把头向前伸了过来。它想咬住拉尼的喉咙，但没能成功，拉尼把他的脖子紧紧卡在两根藤蔓之间，用力贴着大树。这是他最后的机会。拉尼握紧匕首，胳膊弯到肩膀处，等待蟒蛇再绕最后一圈把他绑在树干上。他把匕首的手柄紧紧地靠在树皮上，攥紧匕首准备刺过去。

拉尼的胸部被勒得越来越紧，呼吸也越来越困难。他那只握着匕首的手也开始有些发麻。

只有一个人亲眼目睹了黑暗中的这场厮杀——他刚刚才隐约出现。尽管拉尼的视线开始模糊不清，但是他还是看到了自己的对手那高瘦的身影。距离他只有两步之遥。

原来亚辛杀死了黑豹！

拉尼所有的愤怒和仇恨再次涌上心头。他的对手就在那里，离他只有两步。他越走越近了。他的脸颊的一边被严重划伤了。这张可怕的脸现在离他非常近，拉尼看到了他那嘲讽的冷笑。他等待着——等待着亚辛最后一次朝他脸上吐口水，然后举起准备好的匕首刺向他。

拉尼并不怕死。他一定要让亚辛知道这一点，所以他直视着亚辛的眼睛。

"来吧，动手吧！"他说。

就在那一刻，巨蟒把身子缠在了树上。拉尼本以为自己完了，就像他的敌人所想的那样，但此时他心中燃起了一线希望。尽管他被这条可恶的蟒蛇困住了，但他还是振作了起来，因为他的匕首刀刃刺入了它的脖颈。是的，尽管他的手腕被挤在树干上，但是他的匕首还是能够划开，撕裂！

"你为什么不动手？"

当亚辛终于挥舞着他的匕首，手臂一挥准备刺下时，丛林王子突然意识到亚辛的匕首并没有朝他而来。亚辛的目标是那张金箔，那张被拉尼紧紧攥在手里的金箔，他想把它钉在树上。

拉尼试图阻止，想把信件甩进丛林。

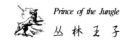

但是已经太晚了！

亚辛的匕首已经插进了树干。他能听到匕首就在他的头顶上方振动。亚辛已经把给沙卡的信息钉在了那棵盟约树上。

亚辛胜利的欢呼声让拉尼像动物一样哀嚎起来。

"看，拉尼！"

亚辛赤脚一踢，骷髅白骨就散落在沙子里。这就是提吉·汗的儿子的命运。

在这整个过程中，拉尼的匕首一直没有停下，直到深深地刺入蟒蛇的颈部。他的身体能够感觉到大蟒蛇开始抽搐，缠绕着的身子也开始翻腾起来。巨蟒在临死的痉挛中身子松了下来，拉尼终于挣脱了束缚。于是，他向亚辛发出挑战的呼喊：

"拉尼已杀死这条巨蟒。我们会再见面的，亚辛，我会看到你的血的。"

但空旷地上早已空无一人。

亚辛像野兽一样消失在黑暗中。

那一夜，大象营地又是一个不眠之夜。

阿加尔、卡尔基以及拉尼所有忠实的朋友们，正围着拉奥蹲坐成一圈。他们焦急万分，却不知该说些什么。拉奥告诉他们，丛林王子在愤怒之下，决定不顾一切地挑战命运并征服它。他竟毫不犹豫地冒着激怒丛林的风险！

但是丛林会惩罚他吗？或让他赢回荣誉吗？

时间慢慢地过去了。漫漫长夜是否永远没有尽头？所有的男孩都提心吊胆，忐忑不安。

他们的心都牵挂着拉尼，随他一起深入了荒芜而黑暗的野蛮森林的深处。他们为他们的英雄而感到惴惴不安。

现在，天很快就要亮了。

"命运已经定局了。"拉奥说。

此时，稻田上空已经透出了第一缕微弱的光晕，它穿过雾气，悄然蔓延。丛林正在苏醒。就像在丛林里那无拘无束的野生兄弟一样，被栓在树下的大象们也迎接着从平原上的芦苇丛升起的太阳。

"亚辛！"

阿加尔先看见了他，大声叫了起来。其他的男孩都站了起来。他们站在那里，呆若木鸡，一言不发地看着这个归来的人。亚辛走向拉奥身边的人群。他肩膀上的伤口再次裂开，鲜血滴落下来。他面颊上的伤口上还抹着一层黑泥。

"嘿，拉奥！你没想到我会回来吧？"

他的眼睛里闪着火光，声音里带着一丝骄傲补充道：

"是我，亚辛！"

他凝视了他们好一会儿，这些都是他对手的狂热崇拜者。他像击垮拉尼一样，一下子就把他们击垮了。

"是我把消息带到了丛林。"他说。

提吉·汗家族的这些年轻成员们垂头丧气，在他们的新首领面前低下了头。亚辛只害怕一个对手，而那个对手已经倒下了。丛林不再站在丛林王子那边了！

"耶——嗬！"

什么，是拉尼的呼叫声！是的，看，拉尼正朝他们走来！他浑身是血，看上去已经筋疲力尽。他径直走向亚辛，而亚辛这时

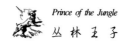

面如死灰。

"喂，亚辛，你的匕首！"

他们都看到了。这确实是亚辛的匕首，正插在巨蟒的首级上。

拉尼站在那里，把匕首扔到对手的脚下。是他把它从森林里的榕树上拔了出来，然后把自己的匕首插了上去。所以，丛林王子的匕首将一直钉在那盟约树上。

拉尼又走了几步，然后开始摇晃起来。他已经筋疲力尽，膝盖突然一软。拉奥冲上前扶住快要倒下的拉尼，拉尼倒在了他的怀里。所有的朋友都围了上来，把昏迷的拉尼抬到"堡垒"里的垫子上。

"卡尔基，快！"拉奥喊道，"去告诉老纳格！"

小卡尔基没有等着听令就已经跑远了，他以最快的速度跑向老纳格，告诉他昨夜丛林饶了拉尼一命。

七、沙伊坦的报复

月牙已经升上了天空。

消息已经送入了丛林，沙卡和它的族人收到了明确的通知，知道人类正在筹办一件重大的事情。很快，基昂部落将派他们的儿子前来与老虎续订盟约。

消息已经传给了大象、羚羊和其他大型动物。丛林的每个部落依次选择了它们的使者。它们立刻从远处的栖息地出发，穿过森林和平原。它们正在行进中。到了第二天，丛林里的这些部落的小动物们就会在森林边、在人类居住的土地的边界停下脚步。

那天晚上，拉尼独自在营地守夜。拉奥发了高烧，正躺在一棵树下睡觉。

拉尼在马厩待了会儿，马儿刚才在互相争斗。在回来的路上，拉尼停下来，和老纳格聊了很久。

"亚辛和我之间现在是公开交锋。"拉尼说。

"别再这样了。"老人说。

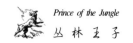

"不，不死不休。"男孩凶狠地重复道。

"够了，我告诉你！听我说，拉尼。丛林不会赦免你两次。记住这一点。还有，小心。你已经冒犯了丛林。"

"这是我的权利！"

"你违反了法则，丛林可能会重重地惩罚你。我再告诉你一次，我们都应该遵守它的法则。自从沙卡把土地给了基昂部落的人，我们就要服从它的法则。你必须要服从。更大的考验在等待着你。"

"我不怕。"

"我知道。"老猎人说。

"当那条巨蟒缠绕着我的时候，我差点就死了。"

"你会再次遇见死亡，在通往沙卡王国的路途中，它会无处不在。除了死亡，还有恐惧。"

"恐惧？"

"它们也可能是丛林里的野兽，"纳格说，"它们会日夜监视着你。小心那些野兽，拉尼。它们熟知丛林中所有诡计。它们会给你好好上一课的。"

"纳格，你还没告诉过我，你年轻时在丛林里离群索居经受历练的时候，是哪种动物在等着你，是哪种动物接纳了你。"

"那已经是很久以前的事了。"老猎人说道。

"可你没忘记吧，纳格？"

"忘记？哦，不！我在丛林里和我的动物朋友一起生活，那是我一生中最美好的时光。"

"你属于哪个部落？"

"大象部落，"老纳格骄傲地说，"我和它们住在一起。我跟着它们的族群深入丛林。当季风来临，它们去迎接雨季时，我和它们一起长途跋涉。我参加了它们的战斗。"

"告诉我，纳格。在丛林里你是怎么跟上象群的？你是跑着的吗？"

"不，我的朋友驮着我。"

"你跟它说话了吗？它能听懂你的意思吗？"

"动物很快就能听懂人类的语言。"纳格说道，"你会看到的。它们猜得出你在说什么。它们知道被人爱的感觉。它们熟悉的声音能安抚它们。没有什么比那种声音更能吸引它们，更能使它们感到快乐。它们永远不会忘记那种声音。"

"你怎么知道的？"拉尼问道。

"问问沙伊坦。"

"沙伊坦，纳格！沙伊坦！你的意思是——？"

"你已经猜到了。"

"这么说，它就是等待你的那只动物吗？那只将你带到它的族群的动物吗？"

"是的，是沙伊坦。是的，它是我的老朋友。它也没有忘记那些遥远的日子，那时它就是我的丛林兄弟了。是吗，沙伊坦，老伙计？"

"它睡着了。"拉尼说。

"你知道，它也很老了。但在那些日子，它的力量正处于巅峰时期。那时它已经有一对巨大的象牙了。它注定要成为一个大象群的首领。然后，你看，拉尼，我们有着相同的命运。我在战争中被俘，而它在狩猎中被捕。它和我一样被抓住了。困住我的

是卡拉那城堡的地牢，而困住它的是铁桩和锁链。"

拉尼全神贯注地聆听着每个字。

"我记得——是的，那是它第一次给我洗澡，以便除去我身上的人类气味。它用鼻子把我扔进了池塘边的泥塘里，好像我就是只青蛙一样。它用鼻子狠狠地刮我，我的皮都快被撸掉了。接着它用鼻子喷水冲洗我，把我冲得差点滚回泥塘里。随后，它嗅了嗅，又把我扔进泥塘里，就这样一直反复着，直到它再也闻不到我身上咸咸的汗味为止。"

纳格继续讲述他们一起穿越大草原的漫长的夜间旅程。沙伊坦常常把纳格驮在它的大脖子上，让他骑在上面，纳格在象脖上睡得很香，两腿垂下来，紧紧地挨在大象耳朵的褶皱上，而沙伊坦则把耳朵紧紧贴在肩膀上。

"在烈日当空的中午，我们会打会儿盹，"纳格说，"沙伊坦站着打盹，腹部靠在一棵树上。打盹前，它总会过来看看我，我躺在自己用草做的窝里。它会用鼻子折断大树枝，用树枝和树叶盖住我。当我睡着时，是我唯一能让它感到害怕的时候。"

"为什么？"拉尼问道。

"后来当我和象群生活在一起时，我才发现了原因。它们总是站着睡觉，只有在死了的时候才会躺在地上。是的，当我看到象群的老首领死的时候，它的群族的首领们都围在它身边。它已经一百多岁了。它那庞大的身躯躺在那里一动不动。一头接一头的大象走过来，俯下身了。每一头象从树上折下长满树叶的树枝，把它们堆在死去的首领身上，直到它完全被淹埋在一堆绿色的枝叶里。听！"

但是沙伊坦喉咙里嘶哑的隆隆声已经渐渐消失了。它的鼻子从前额松开，软绵绵地垂下来，悬在两腿之间。

"它在做梦，"老纳格说，"总是做同一个梦：梦见它离开了，回到了遥远的草原上。"

"它梦见自己自由了。"拉尼说。

"就像我梦见我重新拥有了眼睛，又看见了阳光一样。"纳格说，"从丛林吹来的风，哪怕带来的是最微弱的呼唤声，也会把它唤醒。然后，它会用鼻子在身下摸索着找我，就像过去我在草原上睡在它腿间时一样。随后，它想要挣断锁链，会用鼻子把我卷起来，像以前那样把我带走。"

"所以你总和它说话。"

"是的，整夜都在说——好了，沙伊坦，安静！瞧，它又安静下来了。"

是的，老象断断续续地清了清嗓子之后，开始打盹了。

"人生漫漫啊，"老纳格喃喃地说，"我会先走。然后呢？"

他无需把话说完，拉尼已经心领神会。如果纳格老去了，年迈的沙伊坦怎么办呢？

自从沙伊坦被捕获以来，在驯养期间它已经逃脱过两次了。它挣断了锁链，杀死了驯象人，逃进了丛林。而两次，这只动物又都自己回来了。第二天早上，他们发现了这个逃跑的家伙。大逃离后，筋疲力尽的它靠在树上，巨大的铜环象牙让它不得不低着头。是的，沙伊坦又回到了草垫边的铁桩旁，就是老纳格现在一直待的草垫旁。

拉尼想，在丛林边等着自己的会是哪种动物呢？什么动物会

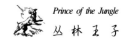

像沙伊坦对待老纳格那样向他伸出友谊之手呢？

"晚安，纳格。"

"晚安。"

拉尼沿着一排木桩慢慢往上走。在树下还有其他大象，它们晃晃这条腿，摇摇那条腿，却从来没有抬起脚离开。他依次走到每头大象面前，唤出它们的名字：

"洪——昌——安——茂！"

它们卷起一把稻草，扇动耳朵，抬起鼻子轻轻拂过他的肩膀。每头大象都发出隆隆声，这是一种温柔而友好的回应。

在"堡垒"附近，拉尼看着拉奥在草垫上翻来覆去，他烧得神志不清，浑身都是汗。

每天晚上，他们都并排而眠。拉奥就像拉尼的影子，形影不离地跟着拉尼。拉尼睡眠很浅，经常睁开眼睛，发现拉奥就在他身边，像忠诚的守门犬一样守护着他。就像纳格的狗，它会整夜听沙伊坦和它的主人交谈。

但是纳格的狗今晚去哪儿了？没在它的垫子上，通常这个时候它正睡在垫子上，两只爪子抱着鼻子。

真是闷热而难熬的一夜啊！

睡着是不可能的事。拉尼干脆脱下被汗水湿透的衣服，解开了头巾，松开了围裙。他把衣物挂在低矮的树枝上，然后走进由小瀑布形成的水潭里，将赤裸的身体浸入其中。

拉尼潜入水中，冰凉的水流令人心旷神怡。随后，他湿漉漉地从水中站起来，来到旁边的芦苇丛中打滚。

当拉尼沿着小路返回时，突然遇到了好斗的小野牛库里。库里一时没有认出他，差点就低头朝他冲去。他抚摸着小野牛，用手摩挲着它那粗糙的脊梁。白天，这里是白鹭，也就是牛椋鸟栖息的地方，它们会为小野牛清理掉皮肤上的寄生虫。

拉尼经过一片灌木丛时，并没有注意到男孩们为捕捉小动物设下的陷阱已经触发。库里对这些陷阱非常熟悉，躲着它们。这些陷阱由一根结实的竹竿做成，竹竿被砍短并弯曲成弓形，向下压到地面，再用一根皮条进行固定，而皮条另一个端系着一个皮套。将这个皮套敞开并留在灌木丛中的小径上，这是动物们觅食时常经过的地方。猞猁、虎猫、麝猫和果子狸，甚至小黑豹都可能被这个陷阱困住。当有动物经过时，皮套就会收紧，那么这只动物要么被勒死，要么一只爪子被困住，被皮条吊在空中。因为陷阱触发时，竹子就会伸直，把捕获的猎物高高地提起来。

拉尼没有听到那只动物垂死的呜咽声，只见它伸出舌头挂在那里，脖子就要被皮套勒断了。只有等到明天，阿加尔牵着马到河边饮水时才会经过那里。他会从这个陷阱里带走老纳格那只可怜的、脏兮兮的狗的尸体。

拉尼躺在拉奥身边，拉奥现在睡得安稳了一些，烧也退了下来。丛林王子什么也没穿，像所有动物一样，光着身子躺在地上。今晚，拉奥睡在他身边。但是他想知道，不久后的一天早上，他在丛林中一觉醒来，身边躺着的将是哪种动物呢？

快了，很快就会知道了。

这是他最后的思绪，随着他闭上眼睛，这些想法也融入了他的梦境，而且变得越发生动起来。

整个营地都在沉睡。

一个身影从"堡垒"里滑了出来。他悄悄溜到竹栅栏后面，然后又出现在树下，停了下来。

那是亚辛。

他手脚并用地向前爬行，蹑手蹑脚地爬到这两个朋友身边，他们正并排在一起酣睡着。他在听他们的呼吸。突然他抖了一下。他好像听到了草地上有很轻的脚步声。

亚辛倾听着。也许是什么动物在四处走动？但为什么它移动得那么缓慢，还停下来休息，就像老纳格的狗一样？老纳格的狗！亚辛咬了咬牙，残忍地笑了笑。纳格的狗已经死了。亚辛当然知道。没错，纳格的狗正吊在竹竿上晃来晃去；是他亲手把它放进皮套里的。

男孩在树林中摸索着，走到了挂着拉尼衣服的树枝旁。他把衣服取下来，捆在一起。

快！就现在！亚辛迅速地溜进灌木丛，脱下自己的衣服，穿上拉尼的衣服，把羊毛头巾裹在自己头上。然后，他离开树荫，沿着环绕营地的小路开始奔跑。他确认，拉尼的匕首就牢牢地别在他的腰带上。

马儿都睡着了。这里是一条通向小瀑布的小路，沿着悬崖边往上延伸，一直到营地的另一边。壕沟到此为止，竹栅也到此为止。再往前就是一个小悬崖。

亚辛跳到岩壁边，沿这条狭窄的小路，返回到营地边，在那里，最边上几棵大树的根盘绕着悬在崖边缘的巨石。

亚辛抓住这些树根爬了过来，又沿着地面爬行了一会儿。

铁链发出哗啦哗啦的响声。沙伊坦听见了他的脚步声，正在晃动脚镣。纳格呢，他从来没有好好睡过觉。他会在草垫上打盹吗？

亚辛胆子越来越大。他身着拉尼的衣服，老象被衣物的气味迷惑了，它舒展开鼻子，伸向靠近它的身影，想要更近、更仔细地嗅一嗅。

这正是亚辛等待的时刻。他能感觉到那只动物喷在他手臂上的气息。他拔出匕首，一只手抓住大象并不光滑的、肉肉的鼻尖，用匕首狠狠地刺了下去，深深插进了它的鼻尖。顿时，鲜血喷涌而出。

亚辛闪到了一边，躲开了大象可怕的獠牙。他沿着小路飞奔而去，消失在树林中。

象鼻这一极其娇弱的部位深深地被刺伤，足以让大象发疯。老虎深知这一点，当它攻击大象的时候，它的爪子和牙齿永远无法穿透大象坚韧的皮肤。因此，当丛林之主想要从大象手中逃脱时，它会攻击卷住它的象鼻，用嘴撕咬象鼻的尖端。

沙伊坦发出了毛骨悚然的嘶鸣。它站直身体，扬起前腿，好像要发起冲锋，然后又重重地落在地上，剧烈地挣扎着，拱起背，拔起与脚踝链条连接的铁桩。它用脚猛烈跺着地面，砰砰作响。营地里回荡着它愤怒的咆哮声。

孩子们从睡梦中惊醒，冲出"堡垒"。拉尼跑在他们前面，他飞快地穿过营地，大声喊道：

"拿火把来！拿长矛！"

无论如何，必须要设法控制住这头狂暴的巨兽。此刻它正在冲撞树木，踩踏灌木丛。它就像一块巨大的黑色巨石到处翻滚。

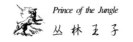

它疯狂地横冲直撞，滴血的鼻子四处拍打，鲜血溅满了它的肩膀。

"沙伊坦！"

但沙伊坦非常愤怒，什么也听不进去。它在树下咆哮着横冲直撞，用胸膛撞开灌木丛。它在寻找踪迹，寻找伤害自己的人类的气味。

"堵住大门！"拉尼喊道。

"已经堵住了，"阿加尔喊道，"来，给你一支长矛！"

"你自己留着吧，阿加尔，当心！它来了！让开。再远点！让它过去。现在，你们都围成一圈跟在我后面。我要和它说话。拉奥！"

"我在这里。"

"快去解开洪，把它带过来。需要人帮忙吗？"

"不用。"

"阿加尔，解开昌。快，这两头大象就足够了。"

拉尼已经想好了计划。他们打算利用这两头温顺而且听从刺棒指挥的巨型动物，形成一个移动的屏障，尝试接近那头狂暴的野兽。

"沙伊坦！"拉尼大声喊道。

"我觉得它安静下来了。"拉奥边说，边跑了上去，后面还拖着洪，手里的刺棒钩挂在大象的耳根上。

"任何人不许靠近它。"拉尼命令道，"它停下来了，因为它知道身后有悬崖。火把现在晃得它睁不开眼——喂，当心！"

这时，沙伊坦弓起它那强壮的身躯，绷紧的身体让它的骨头嘎嘎作响，好像它就要发起冲锋一样。但它改变了主意，慢慢地走上前来，用那受伤滴血的鼻子在地上翻找。这只巨兽在嗅啊，嗅啊，就像一只在草丛中追踪气味的狗一样。

"靠拢一点；围成一个圈，"拉尼命令道，"大家不许向前一步，除非我下令。我们试着把它逼回到悬崖的边缘。"

但是要先搞清楚老象在想什么。它的愤怒似乎突然平息了。它拖着铁链慢慢地向前走，怒吼声也停了下来。

"小心！"拉尼提醒，他再次喊出了大象的名字。

"沙伊坦！沙伊坦！"

巨兽停了下来，听着这个声音。它再次朝着一棵树走去，在那里，它和纳格在一起生活了很久。

纳格！没有人来得及想到他。

"把火把举近点；绕着那些灌木丛围上来。"

于是，男孩们高举着自己的火把，照亮了这悲惨的一幕。

老纳格静静地躺在草垫上，仿佛睡着了似的。他的双臂环绕着头，几乎遮住了自己残缺的脸。他的头骨在大象的脚下像坚果一样碎裂了。沙伊坦在痛苦的狂怒中把他踩在了脚下。它忘记了这个从不睡觉的可怜的同伴，他总是坐在它那两条像柱子一样的大腿之间。纳格就这样躺在地上，躺在火把照出的光圈中，一动也不动。

沙伊坦疑惑不解地稍微走近了一点。它感到非常不安，不知道该做什么。它停了下来，仿佛不愿靠走近这个一动不动的身体。它深深地低下头，伸出了鼻子。

男孩们盯着它的一举一动，手里拿着标枪和长矛，准备随时应对大象新一轮的攻击。只有拉尼猜出了为什么这头大象会这样

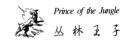
不安，本能会唤起它的情感。拉尼记得老纳格说过的话：

"我只有在睡觉的时候才会吓到它。"

纳格正在进行他最后的睡眠。

沙伊坦就这样待了一会儿，随后双膝微微弯曲，在它朋友身体上方俯下身。这时它又直起了身子，走到大树前，折断树枝，剥去枝叶，直到脚下堆了一堆枝叶。然后，它卷起了这一团绿叶，把它撒在了纳格的身体上，很快纳格就被树叶掩埋了。

是的，沙伊坦没有忘记过去在丛林中的日子，那时他们像兄弟一样生活在野外，过着美好的生活。现在，它按照自己部落的习俗，为老纳格举行了一个隆重的葬礼，一头象群首领的葬礼。

"让开！"拉尼大喊道。

沙伊坦突然转过身来，出乎意料地发起了进攻。拉奥和阿加尔敦促洪和昌并肩前进，以阻止沙伊坦，同时也承受它的攻击。沙伊坦愤怒地在它们之间冲来冲去；它的头像攻城槌一样四处猛烈地撞击。洪倒下了。昌试图阻止它，结果也被击倒了，它的胸膛被沙伊坦的长牙刺破了。

这时场面开始混乱不堪。整排被栓在木桩上的大象都愤怒地吼叫起来。反抗的风暴席卷了整个营地。大地开始震动。孩子们扔下的火把点燃了稻草堆，火苗突然从稻草堆里蹿了出来，燃起了熊熊大火。

拉奥、阿加尔和其他几个人留了下来，站在拉尼周围。

火焰继续攀升，噼啪作响，蔓延到了榕树的叶子，这下整个营地亮如白昼。

"拉尼！"拉奥惊恐地喊道，"拉尼，它在追你！"

是的，沙伊坦终于找到了那个气味，那个残忍伤害自己的人类的衣服上的气味。拉尼是逃不掉的。

"它要杀了你！"

红发男孩拉奥冲上前，双手紧握长矛，护住他的朋友。但是大象的鼻子像要撞倒九柱戏的木柱一样把他撞翻在地。拉奥爬起来开始逃跑，但是只跑出了几步就被大象绊倒了，大象避开了他，继续向前冲去。沙伊坦正在清除它面前的一切障碍。没错，拉尼就是它要找的那个人，那个坚持站在原地的男孩。很多次拉尼都平息了沙伊坦的愤怒，所以这次爆发并不是第一次。然而，丛林王子怎么可能知道，今晚沙伊坦不会听从他的丛林密语了呢？他怎么可能猜到他的大象一心想要报复他呢？

大象几乎快要冲到他的跟前了。

"沙伊坦——"

拉尼被大象从地上卷起来，象鼻在空中卷起、旋转，然后突然松开。拉尼像弹弓上的石头一样，被甩进了一棵榕树的树冠。他绝望地伸出双手，但什么都没有抓住，就重重地摔在了地上。

拉尼躺在地上，一动也不动。

沙伊坦一路横冲直撞，消失在灌木丛中，身后还拖着锁链和铁桩，发出刺耳的撞击声。粗壮的竹竿像火柴棒一样被折断。它再次进攻时，在栅栏上撞出了一个豁口。

石头顺着山坡滚落。狂野的吼声还在回荡，沙伊坦又要回到自己的族群了。

八、守 护

拉尼被抬进了加拉德他父亲的宫殿里。

这个不幸的消息传开后，城里一片惊慌！卡利神庙的祭司们被献祭的请求压得喘不过气来。或许，当死亡女神喝够了被献祭的公牛和山羊的黑暗血液，才会平息愤怒，饶了拉尼一命。所有人心中都非常伤心。据说，丛林王子生命危在旦夕，他的身上伤痕累累。

即使是在最简陋的棚屋里，众神的祭坛前也燃着香。女人们剪下头发，在傍晚祈祷的时候，成群结队地走到河边，将头发连同鲜花、茉莉花和野罂粟花束一起扔进浑浊的河水中当作祭品。

就在几天前，提吉·汗的战友们曾聚在同一间屋里，守护着他们死去的首领。如今，他们又聚集在一起，围坐在伤势严重却忍受伤痛的王子身边。

卡利大祭司只短暂地来探望了一下。拉尼当时睡着了，帕尔卡·帕拉尔不愿把他叫醒。他一离开病房，孔护卫就怒气冲冲地嚷道："他怎么能跨进我主人家的大门？我真是太没用了，我应该把他赶出去的！你看到他那挑衅的眼神了吗？他现在断定自己会赢。看他那得意洋洋的样子。这个叛徒的计划成功了。"

塔妮特一直守护在拉尼的床边，听着他苍白的嘴唇不时发出呻吟。当拉尼睁开眼睛时，他看到女孩正俯身看着他。拉奥也在。在隔壁房间里，老拉芙娜一直在拉尼曾经藐视的众神祭坛前俯身祈祷。

拉尼摔下来时居然没有摔断脊椎，这简直是个奇迹。一块石头砸中他的胸膛，他的前额也被石头的棱角划破了。伤口还在流血，鲜血渗透了额头上的绷带。他的头枕在枕头上，没有了头巾的束缚，浓密的头发衬得他的脸色更加苍白，而他的双眼因为高烧而通红。

他全身都是伤。无论是香油还是软膏，都无法缓解脱臼的脚踝的肿胀和疼痛。他们对他进行了治疗，对骨头进行了复位并确保没有骨折。

拉尼在酷刑一般的治疗结束后，双脚被牢牢地绑缚起来。

"我什么时候才能走路？"这是他紧咬牙根反复追问的唯一问题。

走路！

肌肉严重撕裂，要多久才能愈合呢？

明天天黑之时，男孩们将从大象营地下来，为这次伟大的冒险做准备：他们将在森林中开始离群索居接受历练。

明天，森林里的小路将会等待着男孩们，他们将在丛林中度过第一个夜晚。

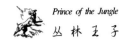

拉尼正在休息。

仿佛他也要参加明天晚上出发前举行的仪式一样，拉尼要求把要穿的华丽的服饰放在床边。于是，拉芙娜把他的衣服都摆放在那里——色彩鲜艳的头巾、洁白无瑕的外衣、镶有银扣的天鹅绒腰带。塔妮特还在腰带上绣着老虎沙卡的脸，两颗祖母绿的宝石让它的眼睛闪烁着荧荧的绿光。

在昏暗的房间里，一盏小油灯发出微弱的光，塔妮特和拉奥留下来守夜。他们靠在伤者的床边，低声交谈。

"明天没人能阻止他去，即使跪在地上爬，他也要爬过去。"拉奥说，"他会在蛇神的召唤下，按他的等级顺序，应答他的名字。"

"可是他太虚弱了，哪有力气？"塔妮特喃喃地说，"他还在发高烧！"

"什么能拦住他？谁能挡他的去路？"拉奥说，"我再说一遍，他会毫不犹豫地向命运发出挑战。我敢肯定，什么也阻止不了他。"

"可他走不了路啊。"

"那你就不知道了。他让我扶着他，刚才还走了几步。他几乎无法把重心放在受伤的腿上。他得多痛啊！但是我没勇气劝他放弃这个想法。因为你知道，塔妮特，如果我是拉尼，我也不会放弃的。"

塔妮特说："我一直在担心，头几天，他要独自在丛林里度过。尽管上次，他比别人都要勇敢坚强。"

"他一直都是最勇敢的，"拉奥说，"即使是那次考验也没能打败他。"

"拉奥……"

女孩犹豫了一下。她怎么能要求拉奥，拉奥是拉尼最好的朋友，是会毫不犹豫地为拉尼付出自己的生命的人啊，如果他……

"拉奥，如果你确定没有人能阻止他，如果什么都无法阻止他……"

拉奥已经猜到她想要说什么了。她看向他，但男孩垂下了眼睛。他轻声地说：

"嘘，塔妮特！万一他听见了怎么办！"

"你可以藏起来，这样他就不会怀疑你在远处跟着他。如果他遇到野兽，他怎么保护自己？你就在附近，你可以去帮助他。"

"我们必须独自出发，自己去面对丛林。这是规矩。"

"但躲避危险时，他不能跑，也不能爬树。你会看着他的。拉奥，你在听我说话吗？"

"如果他知道了，他永远都不会原谅我的。"

"他不会发现的。"

塔妮特还没有说完。她补充道：

"我们谁都无法预见拉尼在路上可能会遇到的所有危险。拉奥，危险不只是野兽，你明白的，不只是野兽。"

男孩看着她。

命运的确与拉尼为敌。但真的是命运吗？拉奥记得孔离开王宫时给他的叮嘱，想起了自从他的主人被谋杀后，他是多么憎恨那位大祭司啊！孔也说过同样的话：在丛林里，拉尼要提防的不仅仅是动物。

塔妮特从拉奥的眼神里读出了男孩的答案。现在她确信，这个红发男孩会为了友谊做任何事情。她握住了他的手。

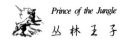

"谢谢你，拉奥。"

"你现在去休息吧，"男孩说，"我一个人守着就行。"

就在这个夜晚，在这个悲伤守护的夜晚，拉奥独自坐在拉尼的床边。

在卡利大祭司的家里，一个仆人出现在帕尔卡·帕拉尔面前。他带来了一名被俘的奴隶，这个奴隶舌头被割掉了，是个哑巴，但却知道神庙的秘密。这个人有一张可怕的脸，他的耳垂被割掉了，那是他部落的战士所戴的金环被夺走时留下的痕迹。他刚从干活的磨坊被释放出来。这个奴隶战战兢兢、顺从地跪在主人的脚下。帕尔卡·帕拉尔命令他站起来，久久地凝视着他。

然后，他转向带这个奴隶来的仆人，简单地说：

"很好。他知道我让他做什么吗？"

"他知道的，主人。"

"事成之后他就会得到自由，"大祭司说，"不过，可能不需要他了。这一点我明天就会知道，但要确保他能随时待命。"

仆人鞠了躬。

"去吧。"帕尔卡·帕拉尔说，"明天我会吩咐你的。"

九、森林之路

　　夜幕降临。森林边的纳迦神庙旁，火把在熊熊燃烧。四周漆黑一片，一排挂在树枝上的彩色外衣映着火光随风轻轻摇曳。男孩们在神庙前集合，刚刚脱去衣服，将它们挂在树枝上。他们的衣服将一直挂在那里，直到他们从森林中归来。

　　根据规定，每个男孩在出发时必须享有平等的权利。他们必须穿着相同的衣服，没有任何区别。

　　他们站成一排，光着上身，只穿一条柔软的水牛皮制成的、轻便的贴身围裙，系着一条牛皮编制的腰带。沉重的头巾也从他们的头上取了下来。现在每个人都用一根细长的豹皮带把头发绑了起来。

　　他们的武器也一样：带鞘的匕首、一根狩猎长矛，以及肩上挂着的弓和箭筒。

　　他们几乎和森林里的野兽一样，都光着身子。动物和人之间，现在机会均等、势均力敌、难分彼此。同样，在森林里大狩猎的

前夜，狩猎者在谈论大象和野牛时，也从不提及它们的名字。

所以，孩子们现在甚至要告别他们自己的名字了！这是仪式的最后一个环节：交出自己的姓名。就在告别仪式即将结束时，拉尼出现了。

围观者中发出一阵惊讶的低语声。没有人料到他会在仪式快结束的时候出现。

人群静静地让出一条路。手持火把的人走在拉尼的前面，后面跟着他的随从。人群中丛林王子在他的朋友拉奥的搀扶下，痛苦地缓慢行走。

忠实的孔护卫和拉奥帮他脱掉了他的白色外衣和长袍，摘掉沉重的金玉手镯，以及挂在他肩上的茉莉花环。

他额头上那条窄窄的的皮毛只半掩住了他的伤口，那伤口一直延伸到一侧的太阳穴。

"我现在要一个人走了，你走吧。"他对拉奥说。

"但你的那只脚还不能走路啊。"

"你走开！"

尽管他步履蹒跚，但他还是挺直身子，目光越过旁观者的头望去，眼睛仍因高烧而发红。拉尼走向站在帕尔卡·帕拉尔周围的男孩。他们给他让开了路。

现在要交出所有的名字了。每个男孩都必须舍弃自己的名字，就像刚才他们脱下的外衣一样，都要留给纳迦的神明们保管。

圣蛇在神庙周围的广阔领地里自由游走，丛林考验结束后，它们会把名字归还给每个回来的人。但那些没有送回来的人的名字，它们将永远保留着。他们的外衣会一直在树枝上飘荡，直到第一缕季风吹来时腐烂在枝头。

当帕尔卡·帕拉尔叫拉尼上前时，拉尼就会交出他的名字。

"阿加尔！"

"卡尔基！"

孩子们一个接一个地在大祭司的脚下叩拜。他们把一只光胳膊伸进黑石罐里，直到肩膀；石罐里面绿蛇缠绕在一起，每条蛇都会取走一个男孩在基昂部落中使用的名字。下面是最后从帕尔卡·帕拉尔口中听到的几个名字。

"亚辛！"

"拉奥！"

"拉尼！"

拉尼是最后一个被叫到的。蛇盘绕在他的手腕上，吐着蛇信，向上爬过他的手臂，然后突然滑落，掉到地上，滑入黑暗中，在闪闪发光的沙地上几乎没有留下任何痕迹。

丛林会给拉尼另外一个名字，就像给他所有伙伴取名一样。那是一个丛林部落的名字，是他和他的兄弟们在丛林历练时，会一直伴随他们的名字：野牛阿诺亚，或黑豹奇吉尔，或者沙卡。

号角声响了起来。

火炬手们把火把扔到地上，用脚踩灭。

男孩们沿着森林边排成一行，等待着信号。

号角声再次响起。

塔妮特看到拉奥向她挥手告别。然后她的目光追随着拉尼，直到他的身影消失在黑暗中。男孩没有回头看。他挂着弓，步履蹒跚地慢慢走进了森林。

在走入黑暗的森林深处之前，丛林王子最后看到的是山腰上那根高高的火柱。在上方的大象营里，驯象人刚刚点燃了柴堆，正在火化老纳格的尸体。

在第一阶段令人筋疲力尽的旅程中，有多少次拉尼都累得气喘吁吁，倒在灌木丛中的草地上。

他每走一步，肿胀的脚踝的疼痛就会增加一分。他平复了呼吸，抹去汗水，然后痛苦地扶着一棵树站了起来。随后，他挂着弓靠在矮树枝上，设法继续沿着野生动物踩出的狭窄小径前行。

透过最高的黑黢黢的灌木丛，一弯新月洒下银光。拉尼来到泥泞的小溪边，这时月亮已经高高挂起，高大的雄鹿们在那里饮水。在那个疯狂的夜晚，当他追赶亚辛时，他曾经从这条小路经过。他还记得自己是怎样沿着小路一路跳跃的，那时他的肌肉给了他无穷的力量，足以让他跑到丛林尽头。

但现在，他只能爬着来到水边。

他一头扎进水里，喝了个痛快。最后，他那令人痛苦不堪的干渴终于被浇灭了。他在泥地里打起了滚，就像动物一样，啊，身体是多么凉爽啊！

他感到了一丝丝困倦。他再也听不到森林的低语、灌木丛里的沙沙声，以及那些夜晚狩猎的动物在来来往往中发出的低沉的声音。

拉尼已经忘记了夜晚、丛林和动物。是的，他甚至都忘记了动物。

他没有听到一群野猪挺着胸脯穿过芦苇丛，向水边移动。它们就在附近，在那里一边哼哼着，一边拱着泥土。那些黑乎乎的动物享受着泥巴浴，闹哄哄地互相挤来挤去。

当高大的雄鹿们从那里经过时，拉尼也没有察觉到。

它们各自向前伸直脖子，将自己的鹿角抵着前面的鹿的臀部，步态轻盈地走过，连一根树枝都没有触碰到。它们停了下来，看着拉尼，然后继续往前走，没有停在野猪弄脏的池塘边。

拉尼对时间失去了概念。

一只夜鸟拍打着翅膀，掠过草地，低飞了过来。它在这个躺在泥里的陌生动物上方盘旋了几圈。翅膀扇动的声音惊动了在上游漫游的棕色水獭，水獭迅速潜入了水中。牛蛙在夜间像守夜人一样呱呱地叫，它发现自己的位置被占据了，于是鼓起腮帮子，哼哼唧唧了几声，然后克制住了涌到喉咙里的呱呱声。

在它们聚集的池塘边，大动物和小动物轮流过来喝水。丛林里的小动物们首先冒险靠近拉尼，想要看看他。

一只果子狸蹦蹦跳跳地跑了过来，浑身斑驳的皮毛抖动着，泛起阵阵涟漪。它正在捉一只老鼠，却碰巧发现了拉尼。它走近拉尼，好奇而不安地向前伸了伸它那黑色的小鼻子。最终好奇心占了上风；很快，这只小动物胆子大了起来，它探出头去嗅了嗅，然后，像猫一样坐在它那黑白相间的尾巴圈上，摆出最漂亮的姿态，眼睛却一直盯着拉尼。它仍然有点胆怯，转动着珍珠似的小红眼睛。

这个小家伙不时地停下来看看，然后开始梳妆打扮。它先用湿漉漉的舌头舔了舔爪子，随后梳理起它那纤巧的白色脖子。它全身优雅的毛发都被它打理得漂漂亮亮，黑条纹的皮毛显得越发油光锃亮。

小果子狸在为拉尼打扮自己吗？

也许果子狸正打算离开。突然，猫鼬向它发起了进攻。它在芦苇丛的巢穴里已经窥探了好一会儿了。现在，它像一个毛茸茸的球，闪电般地扑向了果子狸的喉咙。

果子狸被吓了一跳，翻滚到敌人身下，伸出了爪子，但是它就快要窒息了。猫鼬差点用牙齿咬开它的喉咙。果子狸一边声嘶力竭地尖叫着，一边大口喘着气；最后，它终于挣扎着逃脱了，叫声也随之戛然而止。它仍然心有余悸，离开了田野，很快就消失不见了。

那么，丛林里的小家伙们究竟为了谁而战呢？

拉尼永远不会知道。这时，猫鼬悄悄地靠近了，它长长的身体上披着华丽的黄褐色皮毛，舒展的尾巴拖在地上，就像一列小火车一样。这只优雅的小家伙静静地站在那里，一动也不动，而眼睛却转向拉尼，似乎在守护着他的睡眠。

猫鼬就这样静静地站了很久，偶尔抖动了一下毛茸茸的尾巴。然后，像果子狸一样，它也迈着小步离开了，不过还不时地回头看看拉尼，显得有些遗憾。

一群轻盈的羚羊下来喝水了，然后是高大的大斑羚西卡——它会给母羚羊让路，它顶着华丽的大角。一只虎猫像一枚毛茸茸的火箭一样，咆哮着冲了出来，愤怒地抓挠着地面，粗暴地把沙子抛向猫鼬留下气味的地方。

达曼鼠皮毛光滑，活蹦乱跳的，像活泼的松鼠一样。它们都属于鼠科。达曼鼠家族对拉尼饶有兴趣，在他身边蹦蹦跳跳。然后它们突然冲了出去，推推搡搡，蹦来跳去。最后它们跳到树上，虽然它们的脚很小，但却以惊人的速度向上蹿去。这时，哈努曼出现了。

无疑，这只银发大猴子不是单独来的。树枝静静地分开了，在灌木丛深处，这个族群的其他成员一定在观察着哈努曼的动向。

哈努曼弓着背，拖着一条长长的灰色带黑圈的尾巴，朝拉尼走来，并弯下腰看着他。它警惕地环顾四周，最后蹲下了毛茸茸的腿。它已经很老了。满头白发垂到了它的眼睛上。它那浓密的白色侧须和下面的大胡子连在了一起，像一幅白色的相框，衬托着它那张小小的、皱纹纵横交错的黑色面孔。它的眼睛周围布满了皱纹，眼睛却异常明亮。

像果子狸和猫鼬一样，它在拉尼周围的人类气味中逗留了好一会儿。它的双臂交叉在佝偻的胸前，不时地因一阵咳嗽而浑身颤抖。

当拉尼恢复意识时，他几乎来不及看清这只大猴子，它的皮毛在黑暗中呈现出蓝色的光泽。他转过身，发出声响时，哈努曼立刻站了起来。事实上，它已经接收到了从灌木丛里发出的警告，它的兄弟们一直在灌木丛中守望着。它三下两下地就跳远了，从一块石头跳到另一块石头上，一直跳到了河的对岸。只有一个同伴跟在它的身边。拉尼仅仅看到一对模模糊糊的身影，肩并肩地溜进了灌木丛。

拉尼试图站起来，但没有成功。他用双手和伤痕累累的膝盖，爬过石头穿过小溪，最后揪住一把杂草，终于爬上了岸。眼前是一条荆棘丛生的小径，再往前走，穿过一段阴暗如隧道般的小径，树林中就出现了一个空隙，前面就是一片空地。

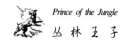

拉尼沿着这个方向，爬过了一片又一片的灌木丛。他听到细微的声响，这个声音会告诉他有动物来了。他的动物，他的！它正躲在那里，也许正尾随着他的脚步，又或许在小路的某个转弯处等着他。

遥远的山后边，草原红犬正在狩猎。那群犬嘶哑的嗥叫声现在听起来越来越远了。拉尼知道它们这次捕猎成功了。猎物的叫声引起了山谷中豺狼的吠叫声。紧接着，有声音传来，这次声音更近了，是那些嗓音粗哑的鬣狗。

接着，是长时间的死寂。

森林里最寂静、最深沉的时候，肯定是猛兽来临的时候，而且一定是一个较大的猛兽。羚羊吃草时抬起头来，但为时已晚。寂静就像一张无形的网，将它困住。它已经被死死地困住，它那颤抖的腿根本无法逃脱。而红豹坎加只需要跳起来，落到它背上，用锋利的牙齿咬住它的脖子。

树枝间没有一丝响动。没有一片叶子发出声响。

拉尼全身的神经都绷得紧紧的，他在倾听着最细微的声音。来者是红豹坎加，还是黑豹奇吉尔呢？

是坎加。它一直埋伏在一棵榕树下，准备跳向树顶的树枝，捕捉一只猕猴，因为它非常爱吃它们的肉。

但是，一个守夜的猴子向在那里过夜的小猴子们发出了警报。于是，树梢上，猕猴们开始疯狂逃窜。它们愤怒地尖叫着，在树木间驱赶着那只豹子。坎加没有抓到猎物。拉尼看见它跳着穿过小径，离他只有几步之遥。

男孩来到空地上，爬进草丛里，这时月亮即将隐去。月光苍白，根本无法照亮生长着低矮草丛的深邃平地。远处，黄褐色的草原一直延伸到恒河。

拉尼再次屏住呼吸，仔细聆听。空中的这种嗡嗡声是什么？他似乎听到森林边缘传来了一种奇怪的吟唱，那好像是一种声音粗哑的合唱。

过了一会儿，在黑暗中，在一丛树下，拉尼开始看到一些模糊的身影。它们看起来像一群人，在狩猎结束后停下来，蹲成了一圈。

拉尼其实看到的是一群在月亮落山时召开大会的大猴子。

它们突然安静下来，但没有逃跑。每个脑袋都转向了拉尼的方向。

那是哈努曼的部落！

灰猴子肯定看到了他，但是它们并没有感到恐惧。它们似乎在等他。也许，如果它们允许他靠近的话，那么它们可能会与他分享采摘的野生浆果和水果。

后来，拉尼打消了这个突发奇想、自以为是的念头。当佛陀开始在森林里长途跋涉时，大猴子曾来迎接他。它们把黑蜂蜜装在一个像杯子一样被掏空的葫芦里，献给了他。它们还在它们的圈子里为他腾出了一个地方，让他安然地度过黑夜。

是疲惫、无力困扰着他的视力，还是因为发烧呢？他的眼睛似乎越来越模糊不清。他还是盯着那片浅色的沙地，蹲在那里的猴子似乎有了影子。然而月亮现在已经消失了。那群猴子中间红色的光芒是什么？那红光还映照出了它们的黑脸膛。是火吗？是火炭吗？

猴子不会生火。

难道是人类吗？

然而这并不是幻象：拉尼很清醒。他可以看到树枝燃起的火苗在闪烁，周围的动物正在举行高级会议。是丛林动物——哈努曼部落的灰色猴子，它们有着白色的胡须、瘦长的手臂和黑色的爪子。

在火光的照耀下，拉尼现在几乎可以清楚地看到它们了。

毫无疑问，这是一个丛林部落。

这些动物一刻不停地摇晃着又厚重又笨拙的下嘴唇，为了不让它们下垂到下巴上方，不断努力地将它们往上抬。也许这只是它们不安的表现，只是机械性的动作，但它们不停地把下唇拉回原位。在它们低低的咕哝声中，拉尼可以很清楚地听到这种声音。这些嘴唇就像有多个小拍板在拍打一样，不断地翻起来拍到牙齿上。

拉尼看到这些猴子围坐在火堆旁，感到非常惊讶，所以没有注意到另一种声音——轻微的沙沙声，很像一群蚱蜢磨动下颚发出的声音，或者远处丛林大火燃烧发出的噼啪声。

是红蚂蚁！

蜂拥而来的蚁群像一股密集的洪流汹涌而来，有拉尼走过的小路那么宽，到处都是密密麻麻的蚂蚁！

唉，受伤的动物，无论是野牛还是羚羊，一旦被困在这群蚂蚁的洪流中，那就是灾难降临！洪水席卷而来。千千万万只贪婪的小嘴分别从猎物身上咬下一块肉屑，猎物就会被活生生地吃掉。这群可怕的"侏儒"过去后，丛林里就只剩下一堆白骨。

红蚂蚁!

拉尼惊恐地在沙地上打滚,拼命地想击退这股洪水猛兽。蚂蚁已经爬上他受伤的腿,漫过他的身体。拉尼甚至都无法叫喊,他感觉自己就要窒息了。蜂拥而至的蚁群缠住了他。他用指甲抓脸,想把钻进鼻孔、耳朵、嘴巴和眼睛的蚂蚁赶走。他紧闭上了双眼。

快跑!快跑!逃离这可怕的死亡!

拉尼弓起膝盖,双手抓住一些藤蔓,设法站了起来。在他的脚下,红色的洪流更加来势汹汹。

跑!快跑!跑到高一点的草地上!但是腿却走不动,怎么跑呢!唉,要是他还有一点力气就好了!丛林王子急中生智,突然想到了一个办法,这是保命的唯一希望。火!他用打火石的火星点燃草地上的干草,然后在干草尚未完全熄灭的灰烬中打滚,把爬在他身上的蚂蚁烧死。

拉尼努力想冲过去,却大叫了一声,摔倒在地上,躺在那里一动也不动。

拉尼失去了意识。后来在夜里最后几个小时所发生的一切,他一点也不记得了。然而,他的脑海中仍然闪现着一两幅模模糊糊的画面,就像做梦一般依稀难辨。

两只大猴子从猴群里冲出来,迅速把他从蚂蚁洪流中救了出去。那两个黑影一把抓住了他,拖着他的脚,飞快地穿过草地。后来,他的整个身体都沉浸在清凉之中,就像躺在河边的泥塘里一样。

哈努曼的族群都围在他身边。他似乎听到了它们下唇发出的

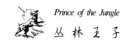

啪嗒声，以及它们沙哑的喉咙发出的咕噜声。

模糊不清的破碎片段，隐隐约约的印象……

当拉尼再次睁开眼睛时，天已经亮了。

他赤身裸体，胸部、双手和手臂上都是灰色的泥浆，但已经干了。他的围裙和发带散落在灌木丛的荆棘上。在他旁边的草地上放着他的长矛和弓，还有一些野山药、甘美的浆果，以及一把一把的小甜种子，那是森林里一种最高大的树木结的果实，绿色的鸽子通常在那种高树上筑巢。

拉尼饿得发慌，狼吞虎咽地吃掉了这些水果。他终于吃饱了，但是非常困倦，所以他什么也没有想，倒头就又睡着了。

当拉尼再次醒来时，太阳已经高高地挂在天空，正炙烤着草原。想要穿过这样一片广阔而干涸的荒原似乎不大可能；这里只有几簇矮小的树木，叶子被晒得焦黄，除此之外几乎没有一片阴凉的地方。

拉尼再次看到远处的那群大猴子。他们正沿着树林边缘向河边走去，共有一百多只。他们无法长时间地直立行走，不时地用前肢着地，跳跃着前进。母猴们把幼崽背在背上，幼崽们小小的黑色爪子紧紧抓着妈妈的毛发，还有一群小猴子在母猴旁边嬉戏玩耍。

两只大公猴拄着棍子，走在猴群的最前面。

拉尼看着他们消失在树林里。

如果不是距离太远，丛林王子可能就会看到走在部落首领哈努曼身边的是一个男孩。那个男孩就是拉奥。然而，拉尼并没有注意到猴群里竟然还有一个人类。

　　这时拉尼的腿已经好多了。他已经休息好了，感觉腿不再那么沉重了。他可以站直身子，尽管脚踝仍然有些疼痛，却可以支撑起他的身体。最重要的是，他现在心情非常舒畅。

　　于是，拉尼沿着灰猴们的踪迹，开始向森林边缘进发。

十、野　牛

拉尼在烈日下艰难跋涉，每当他疲惫不堪停下来时，他都会仔细聆听草地边缘稀疏的树木的树叶发出细微的沙沙声。但周围一片寂静，甚至连枯枝断裂的噼啪声都听不到。

也许只有在夜晚，他才能遇到丛林应许给他的那只动物。

森林似乎和拉尼之前见过的荒原一样空旷，没有任何动物奔跑，哪怕是小小的羚羊也没有。比起令人窒息的幽暗深林，烈日下的寂静更让人感到压抑。

尽管这可能只是拉尼迫切希望见到它的幻想，但有些时候，拉尼确信，那只动物就在附近，就在他的周围徘徊。它越走越近，蹲伏着，一动不动地躺着。这种神秘的存在使他所有的感官都异常警惕。

当他再次出发时，他会突然停下来，猛然转身，想抓住身后的那只动物，但是他从来没有看到过它。然而，他确信它就在那里，也在窥视着他。

他必须要等到白天过去黑夜来临。

也许就在今晚？今晚它会来吗？

其他男孩怎么样了呢？拉奥和阿加尔呢？他们是不是已经见到丛林使者了？还有亚辛呢？他怎么样了呢？

一只动物，哪怕是一只小小的动物，也可能带你去见沙卡。啊！它有多小无关紧要了，只要它能出现就好！

拉尼用老纳格曾经告诉过他的话来为自己打气。在丛林的最深处——拉尼现在离森林最蛮荒的腹地还远着呢——沙卡的王国将向经受了最大磨难的人敞开大门。拉尼必须要保持体力，才能面对这样的考验；要知道，考验才刚刚开始。

于是，他站起来，再次出发了。

天空中没有一只飞鸟，枝头也不见一只绿鸽。就是有，他也没有办法将它们猎捕。他怎么向它们射出箭呢？他把弓落在猴群附近的空地上了。他现在的武器只有狩猎的长矛和匕首。

现在，他口渴难耐。拉尼砍了一根藤条咀嚼起来。苦涩的汁液让他干渴的嘴里有了一点唾液。

芦苇略微有点绿色，旁边是枯萎的柳树丛，看来这里曾经是一个小池塘，但早已干涸。在龟裂的泥地上，深陷进去的最新的痕迹是奇吉尔的爪印。在旱季，黑豹和花豹会在溪边用爪子挖泥，寻找长胡子鲶鱼。这些鱼将自己埋在干涸的淤泥里，一直在那里休眠，直到季风带来第一场雨。

拉尼用矛尖探了探奇吉尔用爪子扒开的洞。但是没用，他取出的只是一点泥浆，湿湿的还有些咸，但是喝到嘴里却很凉爽。

拉尼站了起来。他知道自己已经没有力气走到河边了。他的

眼睛再也无法忍受耀眼的阳光，于是他爬到一片灌木丛中，在绿荫下休息，等待黑夜的来临。

他躺在那里，几乎像被丛林遗忘了一样。这时，他听到了一阵喘息声，那是一种动物短促的呼吸声，他从微弱低沉的声音中听出了这只动物。就是这个声音！这是库里在马厩周围巡逻时，鼻子颤动而发出的声音。

"是阿诺亚，"拉尼想，"野牛阿诺亚。它受伤了。"

拉尼身后的树林并不深，但树蕨很高，拉尼在这密集的灌木丛后看不到前面的空地，他什么也看不见。周围只是一片绿色，一丝缝隙都没有！

拉尼使出最后的力气。

这是丛林第一次给他的信号。丛林差遣来了一只几乎筋疲力尽的动物，和他一样耗尽了体力，气喘吁吁的。这头野牛在倒下之前，肯定也像他一样在草丛中爬行，现在可能正躺在地上。

丛林终于开口说话了！拉尼此时忘记了之前所有的疼痛、干渴和发烧。

现在不是动物猎食的时候。

"野牛是昨晚遭到袭击的，"拉尼想，"它被豹子伤得很重了。"

现在它快要死了。

拉尼顺着空地传来的低沉呻吟声寻去，他发现了一条小径，这是小型动物开辟出来的。他沿着小径爬了过去，一直爬到树林边。这里树木稀疏，草却很高。他不得不用胳膊拔开草，然后慢慢穿过去。

龟裂的地面上有长长的滑迹，这是大象在泥泞中留下来的，但是泥地现在和平原的地面一样干裂、坚硬。

那头野牛就躺在那里。

它是一种巨大的棕红色公牛，体格健壮，肌肉发达。它双腿蜷缩着倒在地上。它挣扎着想要爬起来，想叫喊但却发不出声来，嘴里只有粉色的液体。最后，随着脊椎关节的嘎吱作响，它站了起来。这只动物还有些力气。

它站起来时，拉尼才注意到一条皮带子紧紧地勒在它的一条后腿上。套索割破了它厚厚的皮毛，露出了肌腱，那里的肉被剥离了下来，骨头清晰可见。那头野牛被套索困住了，挣扎着想要挣脱出来，但累得没有了一丝力气。

所以，根本不是豹子袭击了它。

从老纳格的叙述中，拉尼熟知这种残忍的陷阱：它不会杀死猎物，却会让它痛不欲生。被困住的动物最终会慢慢死去。基昂部落的猎人从来不会使用这种陷阱，只有卡拉那部落的猎人才会。他们下山来到丛林发动袭击时，会设置这些致命的陷阱。

他们会在野牛经过的小路上，挖一个很窄却很深的洞，洞口放置着一个圈状物，这种东西是用一种韧劲十足的树枝做的，就像竹篮的盖子一样，斜盖在洞口；而且这种圈状物上还固定着很多尖头朝内的竹刺。在这个装置上，还放着敞开的套索。为了不被察觉，陷阱上面会覆盖着泥土、树叶和稻草。

接着，他们会在草丛中隐藏一根羚羊皮做成的长绳，绳子一端连着套索，另一端系在树杈上，这样绳索就不会脱落。

野牛从小路上走过，一脚踩在陷阱上，它的腿会跌进带有竹刺的木圈里。当野牛想把腿抽出时，所有的竹刺就会深深刺穿它

的皮肉，这样带刺的木圈就困住了这头野牛，使硬皮套索无法从它腿上滑脱下来。

一旦野牛向前移动，套索就会收紧。随后野牛开始跑，想要挣脱后面的皮绳。当野牛绕着困住自己的树木拼命挣扎时，皮绳会越拉越紧，那么它的腿就被勒得越来越紧。

从周围的泥土不难猜出野牛所遭受的一切。灌木丛周围的草被野牛踩踏出一个圈，地面被踩踏得乱七八糟，树丛也被践踏得七零八碎。长时间的挣扎后，野牛倒下了。

当拉尼靠近时，这头公野牛再次站了起来，准备再次战斗。它远没有男孩想的那么糟糕。这头野兽的体力惊人，并没有完全耗尽。

即便如此，它又一次重重地摔倒在草地上。它颈部的皮肉从喉咙到胸部全都拖在地上。它的头部往后仰着，仿佛它那又大又宽的犄角太重了，压得它无法承受。

拉尼尽量爬上前去，努力去靠近这头野兽。

当丛林王子看到动物颈部隆起的静脉时，他第一个念头就是用匕首划开它，把嘴唇紧紧贴上去，大口地畅饮那温热的血液，汲取这头野兽身上剩余的所有力量，以便恢复自己的体力。

野牛那双黑乎乎的圆眼睛看着拉尼，眼神越来越暗淡。它现在气喘吁吁的，干瘪的侧腹上下起伏着，拖在牙齿上的舌头乌黑而肿胀。

阿诺亚部落的这头野牛被卡拉那部落的猎人设置的陷阱困住了，像拉尼一样，注定要在沙卡和基昂部落的丛林中渴死。

然而，或许——为什么拉尼一开始没有想到这个办法呢？——

丛林王子和野牛一起，他们仍然能够保住性命。

"你等着。"拉尼说。

野牛以前从未听到过人类的声音。

"你会发现它们很快就会习惯的。"这是纳格说的。

拉尼慢慢地伸出手，抚摸着野兽的口鼻；而后，他从野牛够不着的树枝上摘下一把树叶。近处的叶子已经被它啃光了。他又走到灌木丛边，割下了一抱绿色的草，都扔在这头动物面前。

野牛开始吃起来。

当这头棕红色的野牛恢复体力可以再次行走时，它就会寻找水源。本能会引导它穿过它熟悉的领地，沿着林间小径来到河边。如果拉尼能跟得上的话，那么他就会得救。

他花了很长时间才解开皮绳，因为清理绞在荆棘丛中的皮绳末端的树杈，可真是不容易。他回到野牛身边，套索严重地割伤了野牛的腿，他又费了好大功夫才解开套索上的死结。要不是先用匕首割断了皮绳，他永远也解不开这个结。他突然想到把皮带系在野牛的犄角上，另一端固定在自己的腰带上，这样，即使他跟不上野牛的步伐，至少也会被拖到河边去。

啊！他的野牛！

拉尼再次抚摸着野牛那宽阔的口鼻，上面沾满了细小的水珠。现在这个大家伙跪了起来，稳了稳蹄子，接着它用力往上起身，站了起来。它的双腿叉开着，有些颤抖，胸部也在剧烈地起伏。它的身体差不多和拉尼齐肩高。

但是，如果野牛的本能此时突然觉醒，它向他冲来呢！当然，以它的体力，冲不了多远就会耗尽。不过，还是小心为妙。

然而，当拉尼把皮绳绕过水牛的犄角时，它温顺地接受了。

于是，丛林王子靠在它的肩膀上，像他与伊斯帕希尔那样，跟它说起了话。他用同样生硬的话语，而且还不时地发出"耶嗬"的吆喝。这声音就像是最温柔的抚摸一样，使这头公牛微微颤抖，也让它奋力向前，顿时野性尽现。

"耶——嗬！"拉尼轻声重复着。

野牛一边将圆圆的耳朵往后仰着，一边鼓气喷鼻。

"走！"

野牛渐渐习惯了人类的声音。拉尼温柔地驱赶这只动物，鼓励着它。

"走！"

野牛迎着风，扬起头，大声打着响鼻。然后它开始拖着受伤的腿，慢慢地向前走去。

拉尼一只手抓着牛角，另一只手抓着野牛那卷曲的鬃毛，这样野牛就在他的腋下，几乎驮着他一步一步地向前走。在烈日下，他和他的野牛兄弟出发了，开始了这段难熬的征程，他们得走好几个小时才能到达水源。

在这段路程中，他们要休息多少次呢？当他俩——男孩和野牛——并肩倒下时，又会是怎样一番景象呢？

他们终于来到了芦苇丛生的平原。两只白鹭紧张地飞来飞去，盘旋了很久，最后落在野牛背上。火烈鸟仍在飞翔。乌鸦从低空飞过。在地平线上，黄昏在天际边拉上了红金色的帷幕。

从恒河岸边的山脚下开始，拉尼几乎没走几步。他抓住绑在野牛角上的皮绳，任由野牛拖着自己走。就这样，他们终于到达了河边。

拉尼开始喝水，他和野牛并排趴在河边，大口大口地喝着水，喝得饱饱的。

那天晚上，拉尼没有看到哈诺曼和它的灰猴群的踪影。

他睡在芦苇丛中的一个坑里，头枕在野牛颈部柔软的褶皱上，紧挨着它湿润的口鼻。

一夜过去了。

曙光将恒河的广阔水面镀上了一片银色。翠鸟潜入水中，捉住了第一条鱼。野牛还在酣睡。

过了一会儿，太阳稍稍温暖了河岸，给沙滩镀上了一层金色，鳄鱼们爬到了对岸，成堆地躺在那里，一动也不动，就像枯木一样。它们张大了嘴，小鸟飞了进去。这些小家伙们是长着蓝色翅膀的"小侍从"，它们甚至还没有榛子大，每天早晨日出时，它们都会去拜访自己的鳄鱼主人，为主人清理口腔。它们用喙，从那些可怕的嘴里挑出牙缝间的肉屑。

在附近的芦苇丛中，拉尼发现了一个巢穴。那是一只顶冠鹤的窝。那只鹤并没有在孵蛋。男孩的肚子从前一天开始就一直空空的，一想到这顿鸟蛋大餐，他就禁不住开心起来。他伸出一只手，悄悄地滑进巢穴里；顿时，一阵震耳欲聋的鸟声响了起来，犹如鸣笛一般。这些小家伙活泼的叫声很快就会把它们的妈妈引过来。

拉尼躺在芦苇丛中，一动不动。

大鸟飞了过来，掠过芦苇丛。它收起翅膀，落在自己的巢穴边，小家伙们安静了下来，等待着食物。

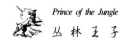

啊哈，原来恒河里到处都是小鱼！这位稻田女王有一双巨大的爪子，它站在水中，用拖在地上的翅膀保持平衡，长矛似的喙插进水里。每次它都会捉到一条活蹦乱跳的鱼，然后把它甩到肩后，扔进巢穴里，鱼很快就被小鹤们一抢而空。

这只乐于助人的鸟捕捉的鱼比莲花荚、蜗牛和蚯蚓美味多了！拉尼所要做的就是伸出手，在半空中抓住鱼，再贪婪地吃掉。

这天，男孩休息了很久。他在水里洗了洗腿，现在已经感觉不怎么疼了。棕红野牛还没有从芦苇丛中爬起来。它时不时地把头转向拉尼。他们都在恢复体力，积聚力量。

今天晚上，或者明天，只要这只动物想带他去野牛群，把他介绍给阿诺亚的族群，他会随时准备好跟上去。

丛林王子承认了丛林法则。他接受了自己与这头棕红野牛的奇特相遇，而命运安排了这头棕红野牛就这样在路上等着他。

傍晚，背上驮着白鹭的野牛从芦苇丛里走了出来，到河边的草地上吃草。当夜幕降临时，它又返回到拉尼旁边的芦苇丛中的窝里，一直反刍到第二天早晨。

天亮时，拉尼发现野牛又在忙着吃草。它渐渐沿着河岸向远处移动，时不时回头看他。

丛林王子吃完早餐。他现在感觉好多了，虽然他一次只能跑几步去追赶野牛，但他那受伤的腿很快就会痊愈，拉尼知道，他现在可以跟着阿诺亚的兄弟进行长途跋涉了，不用再拄着他的长矛了。

但为了能够轻松地行走，以便跟上野牛，他仍然抓住系在牛角上的皮绳。野牛现在几乎不再一瘸一拐了。他们爬上山坡，向高地走去。山坡上到处都是高大的松树，形成了片片的树荫。拉尼还在拽着皮绳，节省着自己的体力。

中午时分，拉尼和他的野牛在一丛蓬乱的野生含羞草树阴下停了下来，这种植物的根部从岩石的裂缝中汲取水分。野牛在银色的树枝上觅食。拉尼拿着长矛等了整整一个小时，等着那些像土拨鼠一样毛茸茸的小达曼鼠从洞里探出头来。他设法抓到了一只，点燃一堆树枝，匆忙地烤熟，接着狼吞虎咽地吃了下去。然后，他感到精神倍增，靠在野牛的肩膀上再次出发了。

在高原的顶上，拉尼看到了牛群。在草海中它们就是一个个小黑点。

夜幕即将降临。在陡峭蜿蜒的山坡上，棕红野牛弓起腿，四只蹄子都深深地陷进了土里。拉尼和野牛来到一个宽阔突出的岩石平台上，离野牛草场约有二十英尺高。和它第一次看到它的兄弟们时那样，野牛探出头，低声哞哞地叫了起来，但是牛群没有听见。

"我的牛群！"拉尼想。

要数清所有这些野牛是不可能的事。公牛们竖起的密密麻麻的黑色牛角，就像一排排威武的盔甲，角尖闪闪发光，像标枪一样。牛群中每个棕色或泥红色的脊背上，都有一只白鹭，爪子紧紧抓在深色的鬃毛上。这些白鹭是部落的守望者。一点声响就会把它们惊飞，给它们的领主发出警报。

离得较近的是母牛和小牛，小牛各自在妈妈身边吃草。茂盛的草长得和动物的腹部一样高。它们低着角，鼻子贴着地面，悠然地吃着草。

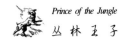

起初，拉尼并没有注意到那头站岗的老公牛。他只是看到一群白鹭突然飞了起来，紧接着所有的牛角立刻竖了起来。

在那头老公牛旁边，站着一个高大的身影。那是一个人类的身影。距离有点远，所以拉尼没有看清他的脸。

惊慌失措的母牛带着小牛，冲到公牛们那坚固的黑色屏障后面，而它们已经排成了一排，准备冲锋。

这几秒钟的骤然变化，就发生在拉尼的眼前。

三只强健的猎豹，一公、一母，还有一只可能是第一次出来捕食的小豹，它们袭击了一头离群的白色小牛犊。小牛先是吓得浑身发抖，呆在那里一动也不动，然后躲开了公猎豹的猛扑。接着，小牛开始狂奔，但却没有发现母猎豹冲了上来。母猎豹用狗一样的爪子抓住了小牛的头，一口咬住它的脖子。两只动物在地上翻滚起来。

这时，阿诺亚部落的首领，那头老公牛向公豹发起了攻击。但是公牛旁边的男孩挥舞着长矛，迅速冲了过去。

是阿加尔！

阿加尔。没错，他的脸正面对着夕阳，拉尼认出了这个放牛少年。丛林王子差点惊叫起来。

阿加尔冲向前去，趁着公豹跳起来就要落地时，男孩用矛尖刺中了野兽，并用力地挑了起来。拉尼听到公豹狂怒的尖叫声，母豹撒下了猎物，纵身一跳，扑向阿加尔，阿加尔立即滚到地上。

还在用犄角撕扯着那只死猎豹的老公牛，现在又转回来加入到草丛深处的搏斗中。在那里，一个基昂部落的男孩正在为阿诺亚部落而战。

在与母豹的搏斗中，阿加尔很快就占了上风；他骑在它身上，双膝钳住它，用腰带套住了它的嘴，双手紧紧地掐住它的喉咙，卡得它脖子后的脊椎骨都要裂开了。

但是阿加尔并不想勒死这只野兽。那他这是在做什么呢？拉尼后来才明白过来。

阿加尔塞在猎豹嘴里的确实是一个奇怪的东西！他从放牧的木棍上掰断了一节，当作楔子塞进猎豹的上下牙齿之间。然后，他把楔子捆住，又套在豹子的嘴上，用皮带在楔子上绕了许多圈。楔子牢牢地卡住了！他又绑了几圈，这只野兽的嘴巴就被牢牢地封住了，所以母豹狂怒不已。

于是，阿加尔大笑起来，用长矛赶着猎豹。他大声叫喊着让母豹快快离开，用它的丛林名字喊着：

"滚开，吉布，快滚！"

那只动物扭动着身体，把脸在地上蹭来蹭去，想要甩掉楔子，但却是徒劳的。

"滚吧，吉布！"阿加尔大喊道，"去给猎豹们看看，那些攻击我牛群的家伙就应该受到这样的对待！"

终于，那只动物开始逃跑了。

小猎豹在它的妈妈身后跳来跳去。在赶走母豹之后，阿加尔扑向了它的幼崽，把它抱在怀里。

"哎呀，你还没长牙呢，你这个讨厌的小东西！"

母豹那黄褐色身影刚要消失在高高的草丛里，阿加尔就在它身后喊道：

"吉布！你的崽子归我了，吉布！我给它喝野牛的奶，还给

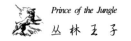

它取个小狗的名字，吉布，你听到了吗，小狗的名字！我要让猎豹家族之子为我守护牛群！"

夕阳西沉。

拉尼环顾四周。那头棕红大野牛已经不在他身边了。他看到它绕过独自所在的岩石平台，走向下面的草场。拉尼从陷阱中救出来的那头野牛又回到了族群。

牛群已经离开了，向山谷的另一边走去，渐渐消失在笼罩着草地的薄雾中。

黑暗笼罩着丛林，阿加尔在漫长的丛林独居过程中，将一直和他的牛群待在一起，与阿诺亚的野牛们漫步在它们广阔的领地上。

野牛们选择了阿加尔。

十一、伏　击

　　拉尼又重新回到了树林。他现在想的不是阿加尔和他的野牛了，而是亚辛。这时，他的对手肯定已经进入了丛林。今天晚上，他会和他的那群丛林兄弟们停下来，或许还会参加一个兽群大会。但到底会是哪一个兽群呢？

　　是的，他想知道，那天亚辛和哪些野生动物一起狩过猎？黑豹还是灰豹？还是身披斑驳火红色毛皮的金钱豹呢？他是和一个更大的猛兽群生活在一起吗？是坎加家族，还是奇吉尔家族呢？还是像过去的纳格一样，率领着大象，长途跋涉去迎接季风带来的雨季？

　　到目前为止，丛林王子只是在漫无目的地游荡，他走过孤寂的大草原和荒凉的小径。今天晚上，当他正要走进丛林深处时，他再次感觉到四周笼罩着紧张的气氛，无论是在明亮的阳光下，还是在夜晚不安的寂静中，丛林里似乎都潜藏着阴谋诡计。的确，这是一片不友好的丛林，所有沉默的动物都在警惕地观望。就好

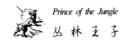

像在他经过之前，就已经有人将消息传递给它们一样。

接着，拉尼想到了那些大灰猴子，自从他进入丛林以来，它们似乎就一直在暗地里观察着他。这些猴子能像人类一样直立行走。据说它们是丛林的神秘使者，但是这些大灰猴的生活非常神秘。它们会相互交谈，还会使用自己的双手。猎人们说，当这些猴子在丛林中四处游荡时，它们能够嗅出设置陷阱的位置，并将陷阱触发，这样就不会有动物被捕获了。

在漫长的黑夜中，纳格坐在沙伊坦的脚边，曾向拉尼讲述过哈努曼和它的兄弟们的故事。在印度，这些猴子被视为神圣的动物。它们既让人敬畏，又受人尊敬。老猎人们深信，哈努曼的朝圣者们掌握着丛林里的秘密。

"它们既不是人，也不是动物，"纳格常说，"它们四处漂泊，居无定所。它们从不在任何地方停留，也不属于任何土地。或者更确切地说，每一块土地都是它们的，就像我们中间的朝圣者和乞丐一样。它们属于一个特殊的群体，既不主宰别人，也不接受别人的统治。猴子不像其他丛林族群那样受制于沙卡，它们是自由自在的。"

纳格也曾常常说："森林供养着它们，只要它们想停下来，任何地方都可以。就像村民们给乞丐食物，派孩子们将米饭放进朝圣者的碗里一样。哈努曼的兄弟们会分享它们得到的东西，而且它们从不会为争食而流血。"

拉尼曾经问过纳格："如果灰猴子不是沙卡的子民，那么男孩们在丛林独居历练时，哈努曼的部落就不会前来等一个离开人类部落的男孩吗？"

"不，他们有时会等的，"纳格回答说，"但是如果它们这样做了，那么它们从基昂部落的土地上选出的男孩将永远不会成为一名战士，也不会成为一个猎人。当猴子们欢迎他加入它们的族群时，他必须要放下所有的武器，而且也永远不会再去杀生。"

拉尼离开山谷里的野牛草场，走向树林，一路上脑海里反复思考着这些事情。不久后，他走进了明亮的树林中。

在夜幕降临之前，他必须要猎杀，必须得用血淋淋的鲜肉来消除自己的饥饿。他唯一的武器是长矛。在远处的灌木丛中，他看到有孔雀飞过，它们正在赶回巢穴过夜。后来，当他爬向一只野公鸡时，一只小羚羊从灌木丛中跳了出来。如果他带着弓箭的话，就可以轻而易举地把它射下来。

"明天，"他发誓说，"我一定要再做把弓。"

黑暗笼罩了丛林。野生的小动物们将开始它们的猎捕。

拉尼并没有完全放弃猎杀的念头。他继续前行，直到月亮升起来，但却什么动物也没看见。他已经筋疲力尽了。最后，一阵狼吞虎咽的声音引起了他的注意，透过树林中的一片空地，他看到一些鬣狗正在享用大餐。它们正在吃豹子拖进灌木丛中的一只大羚羊的肚腹。像所有的大型食肉动物一样，豹子首先享用了羚羊的内脏；然后，它们吃掉了羚羊的一条后腿，却把其余的留给了鬣狗。

拉尼不得不面对威胁。那里有六只体型庞大、背脊隆起的鬣狗，它们咆哮着，随时准备扑上来，但是在长矛面前它们只能一步一步地后退。它们开始逼近，愤怒地咆哮着，想要咬断那根迫使它们后退的长矛。在距离不到二十步远的地方，它们停了下来，

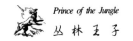

拉尼可以看到它们那怒火直冒的眼睛。它们绝不会放弃眼前的食物，它们还会回来的，就像秃鹫来访之后它们已经做过的那样——先是刨开尸体周围的地面，吃完浸满鲜血的泥土，然后才开始撕扯羚羊的肉。

拉尼贪婪地扑向那块深色的羚羊肉，像只狼一样狼吞虎咽地吃起来。

只要拉尼还在啃肉，鬣狗就会保持距离，像草原红犬一样，后腿坐在沙地上。那些臭气熏天的野兽一直盯着丛林王子，一旦看到他离开，就立刻回到它们的盛宴中。

拉尼在树上过了一夜。他折了些树枝，在一个树杈处像猕猴一样给自己做了一个枝叶繁茂的窝。当他醒来时，又想起了入睡前萦绕在他脑海里的念头："今天我要去打猎。"

丛林法则，就是沙卡的法则，但并没有禁止打猎。

哈努曼的朝圣者经过拉尼所在的大树的附近。拉尼认出了它们的脚印，但却没有注意到那里有人类与灰猴首领并肩行进的脚印。丛林王子在草地上发现了灰猴子留给他的礼物——山药根和一把坚果。

吃完这顿简单的早饭，拉尼立刻出发去打猎了。今天丛林还会是空空如也吗？

鸟儿的鸣叫唤醒了丛林。在树林的外围，蓝色的珍珠鸡在荆棘丛下漫步，然后又振动着沉重的翅膀飞起来，落在阳光明媚的草地上。野鸡和孔雀从灌木丛中走了出来。一只红色的大兔子急匆匆地跑了出来，当遇到一只正在山坡上闲庭信步的大黑犀鸟时，突然改变了方向。那只犀鸟迈着从容不迫的步伐，用红色的喙支撑着身体，就像挂着拐杖一样。

拉尼沿着树林边缘走着，树林缓缓地向下延伸到一片平原，平原上到处都是沼泽地。高大的芦苇和竹林参错生长，野猪沿着它们为自己开辟的通往水源的小路，在黑色的土地上拱来拱去。这里确实是它们的天地。泥巴浴后，野猪摇摇晃晃地在灌木丛中挠痒，在树叶上留下条条尚未干透的灰色泥迹。

拉尼很快就会找到这些野猪的踪迹。在潮湿的泥土上，他现在可以发现一小群野猪今天早上经过这里的痕迹。脚印是刚留下的，非常清晰。拉尼注意到里面有两头公猪，其中一头很重，而且还一瘸一拐的。没错，它在拖着一条腿走路，可以看到它的蹄尖在泥里划出的小沟。和它们在一起的还有一头母猪和它的七个小猪崽。这群野猪就在不远处。

虽然微风还不足以拂动起芦苇梢，但足以把人类的气味带到野猪那里，使它们警惕起来。拉尼捏碎手里的一块干土，接着在不暴露自己的情况下，把手举到头顶，让风吹走尘土，这样可以利用风来掩盖他的气味。

但他如何在茂密的草丛中找到这些黑色野兽呢？爬树？但是附近只有低矮的荆棘丛，而且枝条弯得非常厉害。不过，拉尼现在又跟以前一样身手敏捷了。他像只虎猫一样，轻盈地爬到了一棵含羞草树的树杈上，俯瞰着宽阔而平坦的沼泽。沼泽地上到处都是郁郁葱葱的芦苇岛，那就是水塘所在。然后，他看到了那头母猪，后面跟着一头公猪和它所有的小猪崽。

拉尼心想，那只瘸腿的老野猪也许不属于这群动物。突然，他看见了它，就在距离他不到一百步远的地方。它一定在忙着用

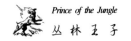

鼻子拱土觅食。在树顶上，拉尼仔细地观察了一会儿野猪附近，那里有两丛荆棘、一圈芦苇和一片柳树丛，而那头野猪正忙着拱土，并没有抬头看。

"那头野猪是我的了。"拉尼心想。

在芦苇丛中，他只能看到那头野猪模糊的棕色脊背，看得很不清楚，因为他正面对着太阳，而野猪藏身的沼泽地还处于阴影之中。

拉尼爬下树，拿起长矛。他要去刺杀那头公野猪。不过，想要接近它并不容易；他的牛皮围裙可能会被芦苇缠住。于是，他脱下围裙，卷起来，用皮带绑在身上。然后，他光着身子，像穿梭在草丛中的动物一样，开始在芦苇丛中穿行，逐渐向红色的荆棘丛靠近。每前进一步，他都面临与那头野猪迎面相遇的危险，它肯定会冲过来向他发起攻击的。

拉尼一边倾听着能暴露野猪的最微小的树叶沙沙声或哼哼声，一边在芦苇丛中穿行，但没有发现野猪的踪迹。他被淹没在芦苇之中。他停下来，感官高度保持警觉，把耳朵贴在地上，屏住呼吸，仔细地聆听。

这时传来了一声干草的碎裂声，啊，它就在前面。拉尼在草丛中握着手中的长矛贴在草上向前滑去。

那里有一个小水塘，可能是因为小路越来越泥泞了，野猪才跑到附近的那个水塘。如果野猪已经穿过这条小路，或者沿着小路继续走下去，那么拉尼就能找到它的足迹。

咦，这条路上留下的痕迹并非来自一只动物，而是一个人类！拉尼发现了另一位猎人的足迹：有膝盖的痕迹，有手的痕迹，非常清晰，就像活生生地摆在眼前一样！一处痕迹是张开的掌心和伸展开的手指；另一处则是握紧的拳头，似乎握着某种武器——弓箭或长矛。

拉尼的心怦怦直跳，他待在那里纹丝不动。

谁会在今天早上与他同一时间出去追踪野猪呢？是他的一个同伴？或许是一个已经跟丛林对过话的男孩吗？所以，如果他猎杀，那么他将是为两者——自己和沙卡群落的某个动物而猎杀吗？今天早上会是谁沿着野猪的足迹捕猎呢？会是卡拉那部落的人吗？因为他们已经从山上来到了丛林。

与拉尼一起出来狩猎的人到底是谁呢？

丛林王子听到箭的呼啸声，紧接着是奔跑的脚步声和芦苇被踩踏的噼啪声；随后，是某种动物坠落的声音——在松软的地面上发出的沉闷的撞击声，而且还有喊叫声！是人的叫喊声：

"拉尼！"

有人喊了他的名字！

这不可能！

拉尼站了起来。但是，由于他身处沼泽，被杂草和芦苇包围着，他根本看不清前方的状况！他别无选择，只能退回去，返回原地。于是，他低下头，全速奔跑起来，用身体撞开一片片的芦苇，沿着斜坡跑回了树林。他纵身一跃，跨过树林前的沟壑。现在道路畅通无阻了，他迅速地跑到了那片青草遍地的河岸。在那里，他一定能看到那个人从芦苇丛中走出来，跑向他的猎物，完成猎杀。

一排灌木丛挡住了沼泽地的清晰视野。

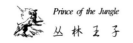

这一次，拉尼甚至都没有听到箭的嗖嗖声。那支箭是从不到二十步远的灌木丛中射出的，正好射中了他所蹲伏的位置附近的一棵树干，箭杆应声而断。

丛林王子刚扑进沟里，第二支箭就从他头顶呼啸而至；这支箭瞄准得更准确，直接掠过他的头顶，射入了不远处的树林。

拉尼从杂草中拨开了一条几乎看不见的细缝，偷偷地观察对面，试图找到隐藏在灌木丛中的敌人。但是，树叶间一丝沙沙声都没有。

然而，拉尼不需要借助眼睛就能猜出这个敌人是谁。是命运，或者是丛林的某种阴谋诡计，再次将这个敌人带到了他的路途上。那个人只可能是他的对手——亚辛。亚辛刚才那一箭射偏了。现在，他们势均力敌——虽然都看不见对方，但是却能透过树叶互相监视。他们之间的距离非常近，只要拉尼稍有动作就可能会引来亚辛的另一支箭，尽管这支箭可能只是碰碰运气而已。丛林王子手里只有长矛，如果对手果真是亚辛的话，那么他手握弓箭，占有绝对优势。

"亚辛没有和任何丛林兽群一起狩猎，"拉尼想，"他是独自一人。"

难道沙卡已经在他王国的大门口下令，必须要进行这场对决吗？这场两个对手之间的生死决斗，是对他们的最终考验吗？

拉尼的喉咙发干，血液在太阳穴里剧烈地涌动，他所能做的就是强迫自己不要从藏身之处跳出来。然而，这不也是他唯一的机会吗？主动暴露自己，引诱亚辛射出一支可能会射偏的箭？这样，他就能看清箭射出的位置，然后趁敌人重新搭箭弯弓之前，冲到亚辛的面前！

　　然而，当拉尼在沟壑里弓起身子，准备一跃而出时，他不慎碰到了树枝。声音虽然非常微小，但还是惊动了敌人。紧接着，又一支箭从灌木丛中射出，瞄准的是树的高度，箭嗖地一声射入了沟壑的土坡上。拉尼只需伸出手，就能轻易地拿到这支箭。这是一支黑色的竹箭，箭羽宽大，是基昂部落的猎人使用的。

　　如果拉尼此时现身的话，就是在找死。在这样一个灌木丛生的沟壑里和对手蛮干是不明智的，他必须要好好谋划一下。

　　当拉尼滑进芦苇丛时，他脱下围裙，解开系在腹部的腰带，用匕首将腰带两端切开，然后飞快地解开了交织在一起的皮绳。拉尼把这多条皮绳首尾相连，很快就成了一条长长的绳索。他把绳索的一头绑在掩盖他藏身之处的灌木上，另一头则缠绕在自己的手上。他沿着沟底爬行，慢慢地放绳索，小心翼翼地防止绳索被荆棘钩住。

　　在灌木丛中监视的那个家伙不可能猜到拉尼在做什么。他的眼睛一定盯着刚才树叶晃动的地方。

　　在二十步开外的地方，拉尼发现了一排树，透过树叶，他可以很好地进行观察。他准备好长矛，轻轻攥紧了手中的绳子。现在只需要轻轻一拉，在他之前所在的位置，枝叶就会被拉开，露出他铺在沟壑顶部的黄色围裙。然后，箭就会飞过来。拉尼深吸了一口气，紧紧握住长矛。他准备好了，敌人已在他的掌控之中。

　　绳子一拉，箭呼啸而来。

　　"耶——嗬！"

　　拉尼发出了战斗的呐喊声，冲下了斜坡，但却因受伤的脚踝

而跌倒在地。他在地上翻滚了一圈，迅速爬起来，继续沿着斜坡往下冲去。此时距离灌木丛只有二十步远了。

一种恐怖的嚎叫声响了起来！

拉尼竭尽全力地投出了他的长矛。拉尼确信长矛击中了目标。那个人一定已经倒在了地上，因为当他挺直身子准备再次拉弓时，长矛正好射中了他的胸膛。但是，情况并非如此！那个人竟然站了起来，飞奔着穿过灌木丛！拉尼紧随其后，差点撞上那个面朝下倒在草丛中的长长的身躯。当那个人倒下时，胸前的长矛的木杆被折断了。

不过，他不是亚辛。

那个人的面容痛苦不堪，丛林王子凝视着他那双垂死的眼睛。这个可怜的人每次想说话时，嘴里都会涌满了鲜血。他到底想说些什么呢？

他在做最后的垂死挣扎，最后一次双手紧握着长矛想要将它拔出来，却倒在了拉尼的脚下。

丛林王子弯下腰，长时间地打量着这个人的脸庞，他蓬乱的头发散落在肩膀上。他不是卡拉那部落的人。山中的猎人通常会把头发扎成一束，并用一节竹条将它卷起来固定在脖颈处。此外，那人的眼睛也不是细长的，而且他的太阳穴上也没有像来自曼达拉山的野蛮人那样的纹身或其他的标志。

拉尼心想，他肯定是一个奴隶，一个在巴拉班乔的人口市场买来的奴隶。也许他来自锡克部落。不，锡克人都是勇敢的战士。在突袭了锡克部落后，基昂部落的人会带回战利品和女人，但是从来都没有俘获过男人，因为他们拒绝被活捉。

噢，这个人的脸型扁平，是克鲁根人。克鲁根人也是剽悍的战士，长期以来，他们一直是基昂部落的宿敌。这些野蛮人通常赤身裸体，耳朵上戴着沉重的金耳环。

拉尼把那个人油腻腻的黑发捋到了后面。

的确，他是一个奴隶。他的金耳环被扯掉了，而且耳垂都被撕破了。

在把尸体留给鬣狗之前，拉尼取下了这名男子的匕首和腰带。返回树林之前，他在灌木丛中搜寻了一番，捡起了死者被长矛刺中时掉在草丛中的弓箭和箭筒。拉尼发现自己的围裙还在沟边的土堆上。那个人的箭术很好，他的箭不偏不倚地射在了拉尼的围裙上。

随后，拉尼想起了野猪。他认为早晨自己就是和这个人同时去猎捕的。

这个人想要猎杀什么呢？难道也是野猪吗？

"我会找到答案的。我要沿着血迹走。"拉尼心想。

他沿着小路回到了水塘边，再次来到了泥泞的小径和那个人跪着爬行时留下的痕迹处。再往前走，芦苇被踩踏得乱七八糟。拉尼发现的唯一蹄印是以前留下的。最后，绕过竹丛，拨开这只动物可能藏身的芦苇和柳条之后，丛林王子发现了一股涓涓流水。在那里，他看到草尖上沾着几滴鲜血。

在临死之际，那个动物挣扎着绕过沼泽，来到小水塘边。在它倒下的地方，血迹斑斑，它稍稍缓了缓气，又向前爬了几码。拉尼小心翼翼地向前走去，随时可能遇到一个还有足够力气冲出来，撞向他的腿部，并将他撞翻在地的动物。

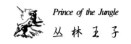

啊，他终于发现了！杂草中的棕色污迹，蜷缩的身体。它就在那里！

它最后倒在小水塘边的空地上，此时几只水鸟和一只大白鹭正振翅起飞。

拉尼一只手握着匕首柄，猛地冲上前去。突然，他停了下来，两膝开始发抖。他血管里的血液似乎突然停止了流动。男孩抑制住了悲痛的喊叫。

那天早上在芦苇丛中潜行的那个人，他的第一箭并不是瞄准野猪的。

仅仅在几步之遥，一个高大的身影正躺在地上，一动也不动，而丛林王子几乎没有勇气再走近一步去伸出手触摸。

那是拉奥！

十二、休 战

"拉奥!"

丛林王子无力地喊着朋友的名字。他脚边受伤的男孩还能听到他的声音吗？然而，拉奥还在上气不接下气地呼吸着。

"拉奥！我是拉尼！"

那个红发男孩侧卧在地上。他像动物受到致命伤害一样，将指甲挖进了泥土里。他的双手仍然紧握着挣扎时拔起的一把野草。箭仍然插在他的后背上。幸运的是，箭头并没有深深地扎进他的肉里。

拉尼小心翼翼地抬起朋友的头，为他擦去脸上的泥土。

最后，拉奥睁开了蒙眬的双眼。

"拉尼。"他虚弱地说。

是的，拉奥认出了朋友——丛林王子——那张悲戚的脸，他愿意为这个朋友牺牲自己的生命。尽管拉奥痛苦不堪，但是他的眼睛里还是闪烁着一丝强烈的喜悦。随后，他又闭上了眼睛。拉

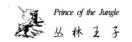

奥很高兴，因为丛林又一次饶恕了他的朋友。

此时，拉尼想起了老纳格曾经说过的话："如果丛林想要你的命，那么可以肯定，它一定会夺走它。但是，没有人可以为别人献出自己的生命，即使是自己的朋友也不行。"

拉尼把拉奥背到水塘边，用手捧着水喂给他喝。

接下来，应该把那支箭拔出来。拉尼把匕首在石头上磨了很久，才把它磨得非常锋利。

拉奥咬紧牙关，忍着疼痛，没有哼一声，一直坚持到最后。拉尼不得不切开一个大口子，把刀刃深深地扎进去，以便清理像鱼叉一样卡在肉里的铁倒刺。

直到拉尼帮他的朋友处理好伤口，才听到树叶轻微的沙沙声，他抬起头来，看到了那群灰色的猴子。

所有哈努曼家族的成员都在那里。它们直立着身子，拨开芦苇，仰着黑色的小脸，用像黑曜石颗粒一样明亮的眼睛窥视着。它们一直在焦急地注视着拉尼的一举一动。当他走近时，它们躲了起来，但现在它们不那么害怕了，在一起咕噜咕噜地交谈着，而眼睛却一直盯着拉尼。这些天来，它们一直和它们的红发兄弟一起，在灌木丛中一步步地跟踪着拉尼。

拉尼把虚弱的拉奥扛在肩上，绕过芦苇丛中的沼泽，爬上山坡，来到树林边。在树荫下的草地上，他铺了一层厚厚的树叶，让他的朋友躺在上面。

猴子们在后面跟随着，它们不再害怕拉尼了。它们蹲在休息的病人周围，围成了一个圈。时不时地，它们其中的一个会伸出毛茸茸的手臂，挥动黑色的手掌，赶走聚集在伤口上的苍蝇。鲜血仍从拉奥身下的那团绿叶和苔藓上滴落下来。

　　必须要考虑食物问题了。于是，拉尼把他的朋友交给他的荒野兄弟们，而后拿起弓箭，冲进了树林。

　　夜幕降临时，拉尼回来了，肩上扛着一只漂亮的羚羊。拉奥仍然非常虚弱，拉尼发现他靠在一棵树上，周围蹲着一群猴子。

　　"我已经三天没好好吃饭了，"拉尼露出狼一般的牙齿说，"你一定也饿了。尤其是，你必须得尽快恢复体力。你的血都快流干了，你的伤口一定很疼吧！"

　　"不疼。"拉奥谎称。

　　拉尼迅速收集了一堆枯木和干树叶，点起了火堆。羚羊很快就被剥了皮，切成块；很快，一大块羚羊肉就在火堆上烤了起来。肉被串在一根竹签上，竹签则架在两根插在地上的分杈树枝上。

　　不一会儿，火堆上就飘出了一股肥肉融化和烤肉的香味。拉尼把肉分成了两份，两个人就狼吞虎咽地吃着鲜美多汁的肉。他们迫不及待地大口吃着肉，差点把自己噎住了。他们饿得就像正在撕咬猎物的狗一样。

　　"我想我很快就能起来走动了。"拉奥说。

　　"你真是死里逃生啊。"拉尼说，"这一切是怎么回事啊？"

　　"嗯，我还以为那个家伙没有看见我，"拉奥说，"我一直都在监视他。"

　　"你没带任何武器。"

　　"正当我要将他打倒的时候，那头受伤的野猪突然窜了出来，把我撞倒了，"拉奥说，"箭近距离地射中了我。我大叫了一声。"

　　"我听见了。"拉尼说。

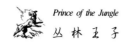

"那是为了提醒你，让你提高警惕。因为你才是他想要射杀的人。从我们进入树林的那个晚上起，他一直都在跟踪你。"

"原来你也在跟踪我。"拉尼严厉地说。

"你能怪我吗？你有力量保护自己吗？没有！箭可能会射中你，而你甚至都不知道箭是从哪里射出来的。"

"我们每个人都必须要独自穿过丛林，"拉尼说，"你应该知道，你不应该跟着我。"

"现在我的法则跟你的法则不一样了。"拉奥说。

"从什么时候开始的？"

"自从我加入哈努曼和它的家族开始。哈努曼的法则跟你的法则不一样。"

看到朋友一言不发，拉奥叫道：

"拉尼，你忘了红蚂蚁之夜了吗？"

一想到在丛林遇到的第一次攻击，拉尼仍然心有余悸。

"谢谢你，拉奥。"他说。

"如果你是我的话，你也会那么做的，对吗？"

"我不知道。那个家伙，拉奥，你认识他吗？你知道，他不是基昂部落的人。"

"对，他也不是卡拉那部落的猎人。我知道他是谁，"拉奥说，"他是帕尔卡·帕拉尔的人。"

"什么？"

"是的，他是帕尔卡·帕拉尔的一个手下。一个奴隶，一个已经获得自由或者即将获得自由的奴隶。"

"谁告诉你的？"

"孔护卫。"

突然拉奥停了下来，向拉尼做了个手势，让他别出声。

"听！"他低声说。

"你听到了什么？"

"听！"

灰猴子们一下子把头转向了灌木丛；显然，它们也对拉奥听到的声音警觉起来。

"我觉得好像有什么东西正在接近我们，它就在我们的后方，在悄悄地穿过树林。"

"或许是一只出来觅食的动物。"

"我不认为是动物。"

"那一定是风。"

"也许是吧。"拉奥说。

两个朋友停止了交谈，在黑暗中侧耳倾听着，试图捕捉到最微弱的沙沙声。唯一能听到的是轻风拂过广阔的芦苇荡，吹过头顶的树枝的声音，但是几乎看不到拂动的树叶。

两个孩子都没有看见那只大虎猫从灌木丛中钻出来，到沼泽地里去捕食。

"火快要灭了。"拉尼说。

他站起来，又捡了些枯木，扔在余烬上，火又燃烧起来。然后，他又回到拉奥的身边，蹲了下来。

两个朋友打算一起过夜，就像他们以前在大象营地时一样，睡在同一个草垫上。第二天，他们将不得不再次分开，在丛林小径上各奔东西。

拉奥只需要跟着哈努曼家族，就会逐渐了解它们的秘密。大灰猴子会带他去看看蓝桉树，只需要嚼一嚼树叶就可以清热；它们还会带他去高地，那里有可以治疗被毒蛇咬伤的月长石。

拉尼想着，想着，不知不觉地进入了梦乡。因为长时间地追捕羚羊，他已经疲惫不堪了。

拉奥还没睡着。这个红发男孩这天晚上一刻也不能闭眼。一是因为伤口的剧痛；但更重要的是，他觉得有什么东西使他的灰猴子兄弟们无法入睡。它们都拥挤在一起，披着长毛的身体在瑟瑟发抖，就像危险临近一样。

"拉尼！"

拉奥突然抓住睡意蒙眬的朋友的胳膊。拉尼立刻坐了起来。

"这次我敢肯定，有人来了，"拉奥小声说，"我听到那边有脚步声，就在树林边。"

"我们的火堆一定被发现了，"拉尼边说，边伸手去摸索他放在身边草垫上的弓箭。

"听！"

"我们被灌木丛和树木遮挡着。"拉尼说。

谁会在黑暗中这样悄无声息地溜过来呢？是朋友还是敌人？是一个和队伍走散的卡拉那部落的猎人，还是像他们一样迷失在丛林深处的年轻同伴呢？

不管他是谁，他肯定是单独一个人。

拉尼跪在地上，拉开弓，搭好箭，已经准备好了。拉奥碰了碰他的肩膀。他先看到了。

在树林突出的拐角处，一个高大的身影从黑暗中缓缓走了出来，渐渐地越来越清晰了，距离他们大约只有三十步远了。

"不要放箭，"拉奥说，"等一等。"

那个人停了下来。他一定猜到了，那个火堆不是露营的人留下的。

他们密切注视着那个人走近。拉尼没有错过他的任何举动。

"或者他是基昂部落的人，"拉奥低声说，"不要动。小心，别暴露了自己。看清楚他到底是谁。"

"我会让他露面的。"拉尼说。

他从藏身的小灌木丛中一跃而起，落在火堆的余烬后面，几乎踩到灰烬。他手持弓箭，准备射出，火光将他照耀得一清二楚。

"看看他。"拉奥说。

如果这个人是卡拉那部落的猎人的话，那他一定很了解基昂部落的丛林之道，而且知道每个小村庄草棚前的"和平之树"。

他们看得一清二楚：在树木旁，入侵者把他的匕首和长矛竖直地插在地上，把弓和箭筒挂在一根低矮的树枝上；然后，他放下武器，大胆地向火堆走去。

拉尼和拉奥看着他走了过来。

"灭掉你们的火。"

还是那个尖厉的声音，所以还没等孩子们看清他的脸，但听到这个声音就知道他是谁了。黑暗和丛林一定把他像野兽一样赶了出来，赶到了他们的营地。

他是亚辛。他的眼睛立刻盯上了羚羊肉，接着目不转睛地看着丛林王子拉尼，这时拉尼还没有松开手中的弓箭。亚辛用光脚板将红色的余烬踩灭。

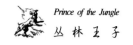

"过来看看，拉尼。"亚辛说。

拉尼往前走了两步，朝对手所指的方向望去。

远处，在夜色中，也有一团火在燃烧。

"那是卡拉那部落的人！"亚辛简洁地说。

"那是他们的营地吗？"

"是的。"

"你怎么知道的？"

"我就是从那儿过来的。"

"你靠近过他们？"

"是的，"亚辛说，"他们现在只有四个人，还有他们的马。"

虽然没有火光照亮他们的脸庞，但是两个朋友还是看到亚辛面带倦容，因为他也像丛林王子一样，独自在丛林中度过了很多个艰难的日日夜夜。

"他也没遇到任何兽群。"拉尼心想。

尽管亚辛面容憔悴，双目深陷，一副在逃的猎物的模样，但他仍然挺拔地站立着。然而，他这么做需要费很大的力气，让人不禁想到他的腿肯定快要支撑不住了。他受了伤，从一只肩膀到手臂上有一条干涸的血迹。饥饿肯定让他的肚子咕咕直叫了，因为他的眼睛不由自主地、一次又一次地看着沙地上的几块红色的羚羊肉。

"坐下，"拉奥简短地说，"吃点东西吧。"

说完以后，拉奥瞥了拉尼一眼。拉尼此时几乎不能控制住自己的激动，浑身颤抖。拉奥又继续平静地说：

"你很清楚，现在我的法则跟你的法则已经不一样了。亚辛，吃吧。吃饱以后，"他严厉地补充道，"你就得走了！"

但是亚辛没有动。他的肚子可能在叫嚷着想要吃东西，但是他太骄傲了，不会低下头去吃拉尼的肉！他很清楚，要不是拉奥，他的对手拉尼永远不会和他分享食物。

是什么让亚辛敢于冒险到他以前的老伙伴和最大的对手的火堆旁呢？单单是饥饿并不能解释这不同寻常的做法。

不过，丛林王子意识到，虽然亚辛仍然是他最强劲的对手，但是卡拉那部落的人才是他的敌人。那天晚上，在基昂部落的领地上，在沙卡的领土上，亚辛本能地靠近了自己的家人，自己部落的族人。

黑暗中的红点就是卡拉那族人营地的位置。

亚辛说，现在那里只有四个人，还有他们的马。但是，只有四个人。

亚辛从他的皮包里拿出一撮黑色的头发——卷在竹节上的头发，把它放在手里搓成了一团，扔进拉尼脚边的灰烬里。

"这是我杀的那个人的头发。"亚辛说。

"你可以吃东西了。"拉尼说。

毕竟，亚辛和拉尼同属于基昂部落。

黑夜带来了休战。

有一会儿，男孩们都沉默不语。亚辛狼吞虎咽地吃着生肉。不过，他还没有把一切都告诉他们。荒野没让他遇见任何一个野生动物，但是他幸运地首先在丛林中遇到了卡拉那部落的人，并对他们发起了攻击。每年最干旱的时候，卡拉那部落的人就会从山上下来，来到基昂部落的领地，大肆捕杀猎物。今年他们一定

145

会来很多人的。

"目前，他们正在成群结队地狩猎，搜索着丛林，寻找着踪迹。"

"他们在追踪大象的足迹。"拉尼说。

沙伊坦的灰色大象兄弟们已经开始了一年一度的丛林朝圣之旅。它们涌向了山谷。在它们迎接雨季的路途中，卡拉那部落的人正密切关注着这支庞大的队伍。然后，他们会聚集在一起，组织狩猎，捕捉大象以获取象牙。

"今年雨季会来得晚些，"拉奥说，"大象在第二个月末前是不会经过这里的。卡拉那部落的人还得等上一段时间才会行动。亚辛，你是在哪里遇到那群山地劫匪的？"

"今天早上，在大草原的边缘。卡尔基可能也看到了他们。"

"你见过卡尔基！"拉尼说。

"我在不远的地方看见他了。他刚狩猎归来。"

"他是一个人吗？"

"不是。"亚辛回答说。

"他跟什么动物在一起啊？"

"奇吉尔，"亚辛说，"卡尔基和黑豹一起去狩猎了。不久前，我看见他和它们一起进入了树林。天还没亮，光线很暗。我怎么也想不到自己当时离卡拉那部落的人那么近。还没等我看清他们，就差点撞进了他们的营地。"

"他们有多少人？"拉尼问道。

"三个，他们的马拴在了一起。"亚辛说，"他们在睡觉。他们举着火把，拿着长矛猎杀野猪。他们杀死了猎物，有两头野猪已经被清洗干净，挂在树枝上。我开始不知道卡拉那部落的人会在恒河这边分成了两队人马进行狩猎。这一队是我刚刚偶然发现的，另一队，前一天晚上我发现了他们用来捕捉豹子的网。虽然两队的人马并不多，但是几乎可以肯定他们属于同一个部落。"

"那三个人停下来了吗？"拉尼问，"你是什么时候遇到他们的？是天刚亮的时候吗？"

"是的，但从那以后，那群卡拉那部落的人就重新分组了。我们在那边看到的就是他们点燃的火堆。"

"那么，今天早上你……"拉尼说。

"我悄悄地靠近了他们，"亚辛说，"在一匹马的脚边，有一个守卫的男子正在昏昏欲睡。他站起来的时候，我立刻就向他扑了过去，刺了他一刀，那个人没有叫喊就倒在了地上。但是，马儿的嘶鸣发出了警报。我砍断了一匹马的绊脚绳，那匹马在拼命挣扎，差点把我踩在脚下。然后，我又割断了拴马绳。我一跨上马，就全速奔跑起来。"

"其他人追上去了吗？"

"他们立刻沿着我的踪迹追赶着。但是我觉得他们永远也追不上我。我一直遥遥领先，而且我的马越跑越快。"

然后，亚辛详细讲述了那次追捕的经过。如果他的马没有在高速奔跑时陷入一个土坑，摔断一条腿的话，他本来可以成功地逃脱追捕的。

那是一个獾洞，马的一只脚陷了进去，于是连同骑手一起摔倒在地。

亚辛唯一的生路就是逃跑。在被追上之前，他拼命地奔向森

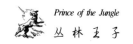

林边缘的一个"堡垒"，这个"堡垒"的周围都是高高的竹栅栏。那是一个避难所，曾经是基昂部落的人设立的狩猎营地，用来驱赶大象。

箭嗖嗖地朝亚辛飞来。一支箭射中了他的肩膀。

他终于得救了！他上气不接下气地跑到栅栏跟前，手脚并用地爬了上去，跳进了防护圈里。他高声发出了基昂部落的作战呐喊声。紧接着，亚辛进行了反击，通过栅栏的孔洞，连续不断地射箭，毫无目标地乱射一气。

"显然他们认为，"亚辛继续说道，"'堡垒'里不止我一个人，我已经和我的同伴们会合了，因为人数太多，所以他们发动进攻没有胜算。于是，他们大喊大叫着转身离开，那里就只剩下我自己。"

"你一定已经猜到，他们是不会轻易认输的，"拉尼说，"我敢打赌，他们又回去了，而且是大批人马，准备发动第二次进攻。"

"是的，他们确实回去了，"亚辛说，"就在那天晚上。"

"而你就在那里坐以待毙！"

"嗯，"亚辛低声说，"丛林已经改变了立场，站在卡拉那部落那边，和他们一起狩猎了！"

阿加尔遇到了野牛群，拉奥加入了哈努曼家族，小卡尔基和黑豹奇吉尔一起狩猎了。丛林只对亚辛和拉尼充满敌意，像一个复仇者一样，不断地跟踪他们的每一步行动，为他们设下陷阱和圈套。在森林的小径上，这两个对手至今还没有找到丛林给他们的任何信息。

　　正如亚辛所说，他目睹了这片与卡拉那部落并肩狩猎的丛林，让一群草原红犬从山上下来。在所有的丛林兽群中，这些野狗是最嗜血的。这些草原红犬疯狂地冲向受伤的马。它们嚎叫着，厮杀着，从同伴那贪婪的嘴里争抢着马的残骸，顷刻间就把马撕成了碎片。

　　多么血腥的场面啊！为了从厮打在一起的兽群中杀出一条路来，野狗们死死地纠缠在一起，互相用尖牙撕咬着同伴的喉咙和腹部，把受伤的同伴撕成血淋淋的碎片。随后，当抢夺马的尸体的战斗结束时，几乎每一根骨头都被啃食殆尽，草原红犬们顶着血迹斑斑的口鼻走了过来，它们嗅到了马的气味。它们包围了栅栏，而亚辛在里面从某种程度上来说还算安全。

　　男孩用长矛刺向两三只最凶猛的野狗，它们试图跳过竹栅栏，但没有成功，因为栅栏太高了，它们的爪子无法抓住。

　　但是，它们一整天都围坐在"堡垒"周围。

　　天快黑的时候，它们放弃了围攻。当首领发出信号后，它们就一声不响地离开了，聚集到首领—— 一只毛色几乎全白的老野狗身边。然后，它们窜入了更高的草丛，分散开来，去搜索平原了。它们要去拦截西卡——那只高大的羚羊，因为它正带领着羚羊群赶往河边，所以它的气味在随风飘荡。

　　夜幕降临，亚辛准备离开"堡垒"前往树林。

　　就在这时，亚辛听到远处马蹄的疾驰声。卡拉那部落的人又开始进攻了。马蹄声越来越近了。亚辛看到三个骑马者飞驰而来，他们边用鞭子抽打马，边站在马镫上大喊大叫着。

　　"嗯，我认为主要兵力会在后面，这三个人是前锋。"

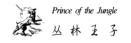

三匹马并排奔跑，其中两匹灰马分别在一匹黑马的两侧，它们越来越近了。

箭呼啸而来，但在射程之外，所以都落在了栅栏前方。

"我确信我的第一箭一定会射中的。"亚辛说。然后，他压抑着愤怒，吼道："啊，这些畜牲！"。

"怎么了？"拉尼问。

"我瞄准了，"亚辛说，"我把弓稳稳地靠在竹子上。我知道我至少会射中一个！那个骑黑马的人，现在已经遥遥领先了。我看到他变得越来越大，越来越近了，他高高地拉起缰绳，像疯子一样比画着。我不想错过他，所以我对自己说：一定要射死他！我的箭射中了他的胸膛。我仍然能听到他的惨叫声。那个人向后倒在马背上。马儿扬起前蹄直立了起来。"

亚辛几乎说不出话来了。

"这些畜牲！"他咬牙切齿地重复道，"他们很狡猾，识破了我的意图，使我措手不及。他们不是来攻击的，而是来为我杀死的那个人报仇的。除了那些疯狗，还有谁会策划这样卑鄙恶毒的报复计划呢！"

拉尼和拉奥都不明白他的意思。

"啊，他们发出了胜利的欢呼！"亚辛说。

在三十步开外的地方，另外两名骑手突然勒住马，射出了最后一支箭，而后猛地转身，发出野蛮的呼喊声，接着策马而去。

亚辛翻过栅栏，扑向那匹疯狂乱窜的黑马的头部，因为它要去追赶另外两匹马。但在它冲进灌木丛之前，亚辛看到了可怕的真相，发出了惊悚的叫声。

因为那个骑手浑身是血，头部无力地垂在马背上，嘴被塞住了，一条带子从马肚下穿过，把他牢牢地绑在马镫上，而他的双手被绑在缰绳上。

"是基昂部落的人！"拉尼喊道，"不就是我们的人吗？"

"是卡尔基！"亚辛说。

"卡尔基……"

"是的，是卡尔基。我杀死了他。"

亚辛已经说得非常清楚了。

远方，在山谷下，那堆营火仍在燃烧，周围坐着卡拉那部落的人。

亚辛站了起来。他走到挂着弓和箭筒的树旁。这时，拉尼也拿起了武器，站起身，等待着亚辛。亚辛走了过来，简单地说：

"准备好了吗？"

"好了。"拉尼回答说。

那边有四个人，他们围坐在火堆旁。

"拉奥，当你看到那边的火堆熄灭时，"丛林王子说，"你可以再把我们的火堆点燃。"

然后，他和亚辛一起走进了黑夜。

几个小时以后，拉尼一个人回来了。他坐在朋友旁边的一堆树枝上。

"已经为卡尔基报仇了。"他说。

在与卡拉那部落的人进行了一场激烈的战斗后，丛林王子和亚辛击杀了两个人，另外两个受了伤，丢下武器，骑马逃走了。

在返回的路上，拉奥点燃的火堆指引着他们穿越了黑暗，而

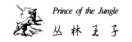

且他们发现了黑豹的踪迹。奇吉尔和它的同伴躲开了卡拉那部落的猎人设置的网——这些网既能困住人类，也能困住野兽。

那两只身材修长的动物，披着夜色的黑暗外衣，独自外出猎食。它们曾教过小卡尔基在溪流中如何潜行、捕猎，也曾和他一起猎杀觅食。现在它们停了下来，朝着人类气味的方向扬起头咆哮着，随后潜入了草丛中。

一看到那两只豹子，两个男孩便一言不发地分开了。但是，他们的眼神里依然充满着不服与挑衅。

就在这时，远处的丛林响起了一个声音，这个声音使丛林里的每一个兽群都好像被定住了似的，一动不动，浑身瑟瑟发抖。无论是奔跑的羚羊、水牛还是野牛，都会被这个声音震慑住，甚至那些在森林深处行进的大象也会因此而陷入恐慌。

此刻，亚辛和丛林王子同时第一次听到了从丛林深处传来的老虎沙卡的吼叫声，而刚刚他们两人还在它的领地上为它而战。

十三、大　象

一轮新月再一次升上了天空。自从那天晚上，在拉奥的篝火旁，亚辛和丛林王子相互宣布暂时休战之后，已经过去了不少时日。

现在，拉尼确实过上了野外生活。他白天睡觉，只有在夜幕降临时才外出狩猎。他像一头被赶出兽群的孤独的野兽，在树林里游荡，因此他比自己的同类更野蛮，更凶猛。

日复一日，拉尼几乎赤身裸体，睡在素未谋面的豹子留下气味的灌木丛中，他已经不再属于人类家族了。他也曾去黑熊的洞穴里寻求栖身之处。不过，那只熊对他来说也像其他野生动物一样陌生。有时候，当他靠近时，他会听到熊的咆哮声，那是熊在树上的蜂巢翻找蜂蜜时发出的声音。然后，拉尼会追赶熊，而熊则会丢下咬在嘴里的粘糊糊的蜂巢。

拉尼已经没有了时间的概念。在残酷的丛林法则下，他只知道猎杀、进食、喝水和睡觉。

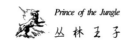

　　丛林王子独自生活在野外，逐渐凭本能学会了如何照顾自己，日夜保持警惕。他不但学会了如何追寻给他带来声音和气味的风向，知道了动物走的路径，了解了动物捕杀猎物的方式，而且他还以生肉为食。

　　当他去水潭边喝水时，他排在那些体型更庞大的猛兽之后。瞪羚、小羚羊、黄鹿和大斑羚西卡也都会给他们让路。所有那些反刍或食草的动物在水潭边也会为拉尼让路，就像对待黑豹奇吉尔或红豹坎加一样。

　　一天晚上，在一条流入恒河的溪流岸边，拉尼证明了自己现在确实和任何动物一样，成了丛林里的一个无名野兽。

　　拉尼穿过高高的草丛，迈着比猎豹还要轻盈矫捷的步伐，朝水边走去。他听到芦苇丛里有动静，那不是野猪发出的。声音来自比河岸更高的地方。此外，即使没有看到拉尼，那些黑色的动物也会闻到他那熟悉的气味，那么它们就会在那里等待着。因为在它们进入泥泞中打滚，将河水搅浑之前，它们总能判断出拉尼是否已经路过那里并喝过了水。拉尼喝水的地方就在铺满鹅卵石的岸边稍低一点的地方，那也是豹子们解渴的地方。

　　但是这一次既不是野猪，也不是大斑羚西卡。

　　当拉尼穿过芦苇丛时，他看到一大群野牛从山谷的斜坡走了下来。这群动物突然停在了通往河流的路上，它们那高高的尖角与高耸的草丛齐平。

　　它们是阿诺亚家族的野牛。丛林王子看到了阿加尔，他正站在扬着鼻子嗅着风的老白牛旁边，靠着他那丛林兄弟的肩膀休息。

　　阿加尔和白公牛都没有看见拉尼。然而，老首领嗅到了他的气味，让牛群停了下来。

拉尼回想起了自己与这群野牛的初次相遇，以及遇到猎豹的攻击，还有阿加尔和老白牛共同发出的警报。

看到这些野牛在水塘前停下来，让他先在水潭边喝水，就像它们为黑豹或花豹让路那样，拉尼感到自己已经在丛林居民中赢得了崇高的地位。

虽然阿加尔现在属于野牛家族，但他的嗅觉永远不会像老公牛那样灵敏。阿加尔几乎不知道，除了黑豹奇吉尔、红豹坎加和猎豹吉布，还有一头野兽能够猎杀牛群中的小牛犊，并且会毫不费力地将其带走。

前天晚上，丛林王子在牛群的边缘又猎杀了一头牛。

拉尼确实属于丛林了。

也许灰猴子告诉过拉奥，今年的雨季会来得晚些。然而，拉尼一直游荡在干涸的草原上，感受着春天姗姗来迟的羞涩，才得知了这个消息。

早在季风将滚滚的云朵吹过丛林之前，丛林就已经泛起了绿意。山谷里和小溪边，青草露出了它那苍白的如尖刺般的嫩芽。树梢上绽放着柔嫩的花朵，森林在暗绿色的外衣上涂了一层嫩黄色。这个时节，花朵也盛开了，但是它们还非常脆弱，只有一天的花期；还有一些昆虫，它们甚至还没来得及歌唱就在夜晚来临之前消逝了。蛇类将蜕皮留在了灌木丛中。

整个丛林都在呼唤着季风，而季风仍要等待月亮升起，才愿释放雷霆之怒，让雷电和狂风骤雨席卷森林。

但是，季节已经在变换。鸟儿们正在梳理羽毛，使羽毛更加

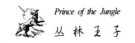

鲜艳亮丽。月光下公羚羊正在打斗，而雌羚羊则在一旁围观。苍鹭在芦苇丛的空地上开始翩翩起舞。这些大鸟用像高跷一样的长腿一圈又一圈地疯狂旋转着，它们相互间啄下的羽毛像云朵一样漫天飞舞。

是的，雨季即将来临。随着雨季的到来，大象们也将会如约而至。

几天以来，拉尼一直期待着看到沙伊坦的兄弟们经过。一天晚上，他把耳朵贴在地面上，听到了远处传来的隆隆声；从那个声音就能得知，在几英里之外，那群灰色的大象正在穿越丛林。第二天黎明，当他打猎归来时，他抬头望向地平线，看到蓝色的山脊上有一排黑点在移动，那是雨季朝圣者的长长的队伍。

大象们正朝着冉冉升起的太阳行进。它们只有到达曼达拉山脉的山脚下时，才会停下来；随后，它们会掉头离开，从不停留。它们会沿着同样的路线返回，穿过整个沙卡的丛林。

两天后，拉尼再次发现了大象的踪迹。它们踩踏了一块空地上的草丛，把灌木丛踩得凌乱不堪。五十多头大象停留在那里，度过了一天中最热的时间段。大象们在树干上蹭来蹭去，刮掉了洗过澡后粘在皮肤上的泥巴，同时也蹭掉了大片的树皮，树干上露出了宽宽的白色软木层。大象们翻滚过的草地、枯叶和泥土上都弥漫着它们的强烈气味，即使它们离开了休息的地方，这种气味仍然经久不散。

拉尼把自己的光脚板踩进一堆红棕色的粪便里，看看里面是否还温热。大象几个小时前刚刚经过了这里。但是，以它们阔大的步伐，仅仅几个小时就会走出很远了，所以要想追上它们，除非彻夜不停地奔跑。

拉尼放弃了追赶大象的念头。

另外，丛林该来见他了。

所以，丛林王子不再绞尽脑汁地去思考大象们走过的路线了。那天晚上，皓月当空时，他在四处潜行，在距离奇吉尔不到一百步远的地方，他本可以向黑豹发出挑战，去抢夺一只敏捷的羚羊。那只羚羊被一只母豹撞倒在地，随后又遭到了激烈的追赶，它几乎径直冲进了另一只公豹的嘴里，而那只公豹之前对羚羊的跳跃扑杀并没有成功。不过，那只羚羊孤注一掷地跳跃起来，逃脱了奇吉尔的利爪。最终，拉尼就像卡尔基过去可能会做的那样，用弓箭结束了羚羊的生命。拉尼想知道，那些黑豹是否还记得那个基昂部落的男孩，他曾经和它们一起狩过猎，也使用弓箭远距离地射杀过猎物。

随后，丛林王子独自去河边杀死了一头小野猪。

第二天，他偶然遇见了象群。

拉尼顺着一条陡峭的红土沟壑，沿着一片林地的斜坡跳跃着向上攀登。有一只鹿在前方奔跑，拉尼玩性大发，开始追赶起那只鹿，甚至跑得比鹿还要轻盈。在山顶上，他追上了那只鹿，抓住它的鹿角，和它扭打起来，把鹿摔倒在地。他望着那个小家伙的惊恐眼神，放声大笑起来；而后，他把自己的脸贴在鹿的黑色口鼻上，用力地蹭了几下，把自己的气味当作礼物让它带走。然而，就在拉尼准备放走鹿的时候，他注意到了沙卡的标记——鹿的一个鼻孔上穿着一个金环。

纳格说的果然没错。生活在丛林深处的基昂部落的猎人，确

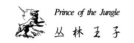

实有一些人习惯在捕获幼鹿后，就给它戴上金环作为标记。这些
鹿都属于沙卡鹿群，它们生活在沙卡领主——那只老虎的领地内。

这只鹿现在不那么害怕了。也许，因为它曾经被人类捕获过，
它知道自己遇到了一个丛林部落的后代，他们从不会猎杀幼鹿，
他们就像是沙卡鹿群的守护者一样，反而会保护它们。

那只身带白色斑点的高大雄鹿跳了两三下后，就消失了。拉
尼走进树木稀少的树林，第一次听到了沙伊坦的丛林兄弟们的
长鸣。

一部分大象在洗澡。每年大象几乎都要经过相同的地方，它
们对丛林小径周围所有的池塘都了如指掌。这里的水够深，可以
让它尽情地沐浴。

拉尼悄悄地靠近，不想打扰正在戏水的大象们。它们来自水
塘对面的斜坡，从上方往下滑入水中。那里非常陡峭，几乎垂直
地延伸到水塘里。然后，它们抬起鼻子，头往后伸，挺直前腿，
防止摔倒，接着像巨大的石块一样滑入了水中，在泥里滑出深深
的沟渠。小家伙们在后面推推搡搡，笨拙得在光滑的斜坡上一次
又一次地跌倒。每次摔倒，都会溅起一股水柱，水花溅到上面的
叶子上，像雨水一样落下来。

拉尼饶有兴趣地看着象群的嬉戏。

小象们正在学习如何向背上喷水。一头母象让小象坐在肩上，
不停地用耳朵拍打着，以防那个胖乎乎的小家伙从它的背上滑下
来，同时还从鼻子里喷水给它冲洗。丛林王子想起老纳格年轻时，
当他与象群一起迁徙时，沙伊坦也曾用喷水的方式洗去他身上的
人类气味。

这些正在沐浴的大象似乎没有任何危险。这个水塘深埋在灌木丛中，四周环绕着高大的树木，其中一些树木倾斜着伸向水面。

突然，丛林王子似乎听到灌木丛中传来了低沉的说话声。他的眼睛在灌木丛中搜寻。有三个人隐藏在树后面，蹲在草地上忙碌着，看起来非常古怪。拉尼看见他们把一根根细长而柔韧的藤条绑在一起，编成了一根绳索，然后像使用套索一样将绳索缠在自己的脚上。

他们是卡拉那部落的猎人。拉尼对此非常确定。他们古铜色的脖子上通常缠着油腻腻的头发，而且还围着许多皮饰带，饰带上挂着护身符：黑豹的牙齿和爪子，以及白犀牛的尖角。

这些山地猎人准备怎样野蛮地攻击大象呢？拉尼对此确实一无所知。他密切地观察着这些人布置陷阱。

那天早上，丛林王子为了消遣，与沙卡鹿群中的一只鹿赛跑。所以，原来是丛林将他引到了大象嬉戏的水塘，并不是他特意寻找到了这个地方。他心里非常清楚，这群大象现在由他来负责守护。以前，在纳格与象群一起生活期间，当他的丛林兄弟们停下来休息时，纳格一定也经常以这种方式守护着它们。

也许，如果拉尼今天继续守护着它们，他就能与丛林中最强大的部落首领见面了，这也是他期待已久的。

那三个人中最年轻的一个已经脱光了衣服。他把绳索在腰间绕了两圈，然后系牢。他拿着一柄双刃短矛，身后拖着绳索，溜进了灌木丛，后面的人则慢慢地放开绳索。他时不时地停下来拉一拉绳索，以确保没有被荆棘缠住。就这样，他来到了水塘边。他爬上了一棵非常高大的树木，它的枝干一直延伸到水塘的中央，

几乎水平地横在水面上，距离水面约有十英尺。

拉尼注视着他一步一步地往上爬。那人手脚并用地爬到树枝分杈的地方，在那里坐下来。风带来了大象的气息，但是上面那个移动的人类的气味，大象们却一点也闻不到。此时，他准备顺着藤条悄悄地滑进水里，而他的两个同伴则会在另一端拉紧藤条。

这是一种捕猎诡计，就像蜘蛛顺着蛛丝从树梢上落下来抓住猎物一样。

那个人坐在树上，像豹子一样俯视着下面移动的大象。水面上只露出了大象灰黑色的背部。猎人很有耐心，他选择了那头正在他下方嬉戏的笨拙小象。这时，那头小象正好游到了树枝分杈处的下方，而那个人凭借着树杈，沿着垂下的藤条绳索，正悬挂在空中。

另外两个卡拉那部落的人在另一端的灌木丛中等待着。他们看到了第三个信号，于是开始放绳。

拉尼猜到了悬在空中的猎人的计谋。他会被放入水里，接着无声无息地潜入水底。而后，他会潜入大象的双腿之间，用他的矛刺穿大象的肚子。

其他大象都没有嗅到危险的气息。

拉尼小心地瞄准，把弓拉满。因为那只悬在绳索上的"大黑蜘蛛"离他太远了，可能超出了一支箭的射程。

射中了！

那个人刚碰到水面，水面就立刻被染成了红色。他拼命地挣扎；突然间，他像块石头一样沉下去了，叫喊声也随之被淹没了。因为他的拼命挣扎，绳索在头顶上方的树杈处断了。

　　水塘中央顿时陷入了一片恐慌。受惊的大象们开始互相推搡和挤压，溅起了一片片泥水。它们把鼻子钩在树干上，想将自己拉上湿滑的河岸。

　　还有另外两个卡拉那部落的人没有解决掉。他们没来得及看清那支致命的箭是从哪里射出的。他们躲在树后，仔细观察着灌木丛，想要找到那个射中他们同伴的隐形敌人的藏身之处。丛林王子一直在等他们现身。他随时准备对第一个现身的人动手。

　　但是，丛林此时发出了警告：丛林将对这些卡拉那部落人的命运进行裁决。

　　在附近的灌木丛中，公象聚集在距离母象和小象洗澡的水塘不远的地方，所以它们听到了响亮的警报。随即，它们发出了震耳欲聋的战斗呐喊声。公象吹响了冲锋的号角。

　　大地开始震颤起来，就像山坡上的岩石崩塌，轰隆隆地滚入了树林一样。树木被撞得支离破碎，有的被连根拔起，有的惨遭践踏，有的被拦腰截断；树枝也被撞得七零八落，树林里出现了一道豁口。

　　随之而来的是象群猛烈而狂怒的咆哮——丛林中最可怕的一场风暴愤怒地爆发了。

　　象群像洪水一般轰隆隆地冲过绿色的豁口，横冲直撞，将一切挡住去路的东西都撞成了碎片。它们卷起灰色的鼻子，横扫出去，灌木丛顷刻间就消失不见了。然后，它们将鼻子猛地向上一甩，再次从铜管般的喉咙里发出雷鸣般的吼声。

　　那两个卡拉那部落的猎人极度恐慌，他们企图逃生，但却是徒劳的。其中一个人被一头大象的象牙刺中，钉在了一棵树干上。

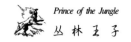

然而，那头大象在冲锋中几乎没有任何停顿，它很快抽出了那根滴着血的象牙，继续向前冲去。而另一个跳到树枝上的卡拉那部落的猎人，则被沉重的象脚踩入泥中，埋入了泥里。

象群从距离丛林王子只有几步远的地方呼啸而过。拉尼被飞溅的木片和断裂的树枝撞倒在地。当他倒下的时候，他刚好看到一个男孩的身影，他骑在灰色的象背上，大声叫喊着，他的头发则狂野地随风飘扬。

丛林王子看清了那个骑手，他骑在象群中最大的那头公象的脖子上，正带领着沙伊坦的兄弟们冲锋陷阵。那是他的对手！是亚辛。

现在，拉尼又孤身一人了，他感到已经疲惫不堪了。

树林里一片寂静。太阳已经悬挂在高空，炽热地照射着这片被象群摧毁过的林间空地。

丛林王子拿起弓箭，漫无目的地四处游荡，寻找着阴凉而茂密的小树林，以便在夜幕降临前在那里睡上一会儿。他在小溪边停了下来，躺在凉爽的草地上。黄色的银莲花开始绽放，黑色的卷丹花也已经含苞待放，它们都是丛林里最早盛开的春花，也是塔妮特喜欢的花儿。

通常，在晚上，在大象营地，大象们会被拴成一排，每头大象都站在自己的稻草堆旁。丛林王子常常会骑上伊斯帕希尔，去山上采来一束束鲜花，而塔妮特会把这些花编成花环，作为祭品扔进恒河里。

拉尼的思绪随着溪流飘向了远方，飘向了加拉德，他渐渐地进入了梦乡。

十四、首领的更迭

几天后，拉尼发现亚辛已经和象群一起生活了一段时间，他们正在向山区进发。他的对手亚辛确实是沙伊坦家族的一员，他的机警和猎人的本能帮助他守护着象群的安全。

老纳格在他那个时代，也知道如何保护象群不让它们陷入隐藏在树枝和稻草下面的陷阱，而这些陷阱就潜伏在象群侦察员和领路象的必经之路上。

在长夜漫漫的狩猎中，丛林王子向丛林深处越走越远。他越过一个又一个的山间障碍，越爬越高，逐渐从丛林接近了沙卡的高地。

拉尼在水塘边经历了危险之后，再也没有见过大象。现在拉尼就像这群大象一样，迎着冉冉升起的太阳，朝着曼达拉山脉方向行进。

一天，在两座峭壁之间的峡谷深处，丛林王子突然发现了捕象的陷阱。那是一个围场，四周围绕着由结实的藤蔓牢牢绑住的

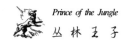

树干和木桩，是受惊的大象在被猎杀时会闯入的陷阱。这里灌木丛茂密，掩藏着卡拉那部落的人建造的这个坚固的围场。

基昂部落的人也用同样的巨大陷阱来捕获大象，但是他们用训练有素的大象狩猎，而卡拉那部落的人则用马匹狩猎。除此之外，他们的方法都是一样的：首先，他们将一群大象包围，将它们驱赶进通往陷阱的山谷，然后他们发起进攻，让它们挤进这个巨大的陷阱中。

一旦大象穿过了这个陷阱的入口，它们就会被困住。当它们相互推挤，试图像撞槌一样撞击木墙时，它们身后的那扇坚固的门就会因为自己的拥挤撞击而关闭。

但是卡拉那部落的人刚建好这个陷阱，一场大火就将它付之一炬，由藤蔓绑着的木桩和围成墙体的圆木都被烧毁了。现在，拉尼只看到了仍在冒烟的成堆灰烬，而陷阱已经荡然无存了。

在周围被烧焦的草地上，拉尼发现了亚辛的象群留下的深深脚印。在被踩踏过的小路上，还散落着干燥的木头和稻草，这些显然是大象们为了点燃陷阱带来的。

所以亚辛已经让那群野象兄弟们臣服于他了！

想到这，拉尼感到愤愤不平。

在他勇敢地经受了所有的考验之后，丛林现在欠他一个扬眉吐气的机会！

就在那天晚上，当拉尼在山丘之间的一个洼地里发现了一片空地时，他差点就得到了这个机会。在那里，他又发现了大象群。纳格称那片空地为"首领的争霸"竞技场，因为这位老猎人很久以前也曾到过那里，和拉尼一样，目睹了一个非同寻常的场面——

很少有人能自诩见过的景象。

这种奇事总是发生在新的季节到来的时候。根据族群的法则，象群的首领会将自己的首领头衔当作挑战的奖品，它必须接受任何以力量为傲的公象的挑战，进行决斗，而且是一场生死之战。

在拉尼对面的平地上，巨大的大象们紧密地围成一圈，站在竞技场的周围。公象站在前排，头挨着头，母象们则聚集在它们身后，把小象们护在身体下。

亚辛呢？拉尼的眼睛首先寻找的就是他。亚辛正按照等级站在那些族群首领的旁边，因为巨大而沉重的象牙，它们都低垂着头。

老首领的一根象牙在颌部被折断了，它迈着沉重的步伐走上前来，面对着它的同类。它挺起自己雄伟的身躯，卷起鼻子向对手发出挑战。它站在那里，双腿像柱子一样支撑着庞大的身躯。

然后，它走到竞技场中央，发出三声战斗的呐喊，开始在地上不停地跺脚，喊声越来越大，回音像低沉的雷声一样在山间回荡。

象群中没有一头公象回应老首领的挑战，而老首领在迫不及待地等待着决斗。

然后，那些巨人的灰背开始涌动起来，就像涨潮的波涛一样，但是它们仍在换着腿、晃着身体。突然，所有象鼻都向上伸展，象群里出现了一阵莫名的恐慌。大象们正在测探风带来的信息——也许是丛林王子的气味，他就藏在空地对面的灌木丛中。

一头体型庞大、几乎全黑的大象原本准备上前战斗，却突然退回到圈中的位置。它一边疯狂地甩动耳朵拍打着自己的肩膀，

一边愤怒地咆哮着，向同伴们发出警报。随后，所有的大象都开始用沉重的大脚踩着地面，但没有迈出一步。它们就像在大象营地里被拴在木桩上的圈养大象一样，在原地踩着脚。

随后，它们突然停止了踩脚，竖起耳朵，喉咙里的咕哝声也消失了，站在那里纹丝不动。它们倾听着对面小山上传来的微弱的脚步声，那是一只隐藏在树林中的巨兽的脚步声，它正朝着空地这边走来。

拉尼也刚刚听到了那个声音。他身后的树木在噼啪作响，它只可能是一头大象。有那么一会儿，那只动物稍微放慢了脚步，停顿了一会儿，它突然冲进了密集的灌木丛；接着树枝噼里啪啦地断开了，藤蔓也被撕扯得七零八落的，它从离拉尼只有几英尺远的豁口里冲了出来。

这阵骚动吓得挂在树梢的银发猿猴们悄无声息地穿过树枝逃之夭夭了。

这时，丛林王子看到一头老象从灌木丛中出来，它的灰色皮肤在腹部和大腿上松弛地垂挂着。它走进空地，停了下来，仿佛被耀眼的阳光照得头晕目眩。现在它开始猛烈地摇晃着身体，用鼻子清除一路上缠绕在象牙上的树枝和藤条。

在竞技场的中央，象群的老首领转过身，而身后是漫长而伟大的统治岁月。每年春天，在这个部落聚会上，老首领都会进行决斗，向它的臣民们展示年龄并没有削弱它的力量，它仍然是最强大的。在每一次交战中，它都战胜了那些想从它手中夺取首领头衔的大象。

此刻，在这场争霸竞技中，它看到一个陌生的同类向它走来，一头不属于它的家族的大象，从丛林中走了出来。

老首领是否认出了这个陌生者是它以前的对手呢？它知道这只大象是谁吗？在这个春季的决斗时刻，本能驱使着那头大象奔向了自己的同类。

这是一头回归族群的大象，它想要重新找回自己曾经在象群中的位置，那个曾在灌木丛中和族群一起前进的位置。很久以前，这个耳朵有残缺的老巨人像它的兄弟们一样过着自由自在的生活。那时，它带领着它们自由自在地在丛林驰骋，它一直走在家族的最前方。

这只老象就是沙伊坦。

拉尼从灌木丛中跳了出来，紧随其后。他想要亲眼看看，确定它就是沙伊坦。沙伊坦的突然出现，似乎带来了挑战。

没错，它就是沙伊坦。黄色的象牙上面还系着铜环，脚上还绑着铁链，生锈的铁链散落在草地上。可是脚踝上缠着这么一大堆沉重的金属，它怎么进行决斗呢？

"沙伊坦！"

拉尼本想为它去除那些铁链，但为时已晚，因为那头狂怒的野兽已经垂下象牙，开始进攻了。

老首领站着那里一动不动，等待着撞击。在冲刺的过程中，沙伊坦差点被对手的那根象牙刺穿。象牙尖端擦过它的侧腹，立刻留下了一道红色的伤痕。

沙伊坦怒不可遏，试图再次发起进攻，但是它的铁链绊住了它。它脚底一滑，两条后腿的膝盖弯曲，差点摔倒。如果还没等它站起来，它的对手就开始发起进攻，就有刺穿它内脏的危险，

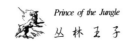

它该怎么办呢？沙伊坦刚刚躲过了直冲它的胸部刺来的可怕长牙，它挣扎着站了起来，但是它的双腿仍然有些不稳。在仇恨的驱使下，沙伊坦用鼻子缠住对手的独牙，好像要把它从对方的嘴里拔下来一样。

一场激烈的战斗开始了。它们捶打着纠缠在一起，在地上翻滚、碾压，用沾满鲜血的尖牙互相攻击。

这时，拉尼不知不觉地来到了空地中央。这两头巨象之间的生死搏斗让他兴奋不已。他完全暴露在亚辛的视线之中，所以亚辛也向竞技场走了过来。

两个男孩隔着一段距离站着，怀着同样的仇恨，眼睛里闪烁着挑战的光芒。他们完全准备好了代替两头即将筋疲力尽的大象进行决斗。那两头大象经过激烈搏斗后已经分开，到目前为止，这场战斗仍然没有分出胜负。

双方对峙着，一方是象群，有亚辛和那头独牙的首领；而另一方……

在这场得到丛林认可的交锋中，拉尼站在沙伊坦一边，因为继纳格之后，沙伊坦只听从他的指挥。就在沙伊坦从灌木丛中走出来的那一刻，丛林王子的心底涌起了一种莫名的骄傲，立刻选择了它作为自己的盟友。

因为拉尼和沙伊坦自从离开人类出没的地方后，就像一直在丛林中独自逃亡的流浪者一样。如果沙伊坦赢了，亚辛就不会站在象群首领的身边，走在象群的最前面了。

沙伊坦肯定会把亚辛赶出象群的。

就在这里，在沙卡的丛林里，拉尼再次燃起了复仇的希望。

这一天，沙卡的丛林给了拉尼未曾预料到的转机，之前这片丛林还一直像野兽一样对他穷追不舍。

那两头巨兽身上都已经伤痕累累、血迹斑斑、尘土遍布。现在它们已经分开，稍作休息。它们已筋疲力尽，上气不接下气了。

"沙伊坦！"

这头在丛林里流浪了一段时间的大象，一定已经忘记了那个可怕的夜晚。那一晚，它拔起了铁桩，踩死了老纳格，让整个营地陷入了恐慌。

"耶——嗬，沙伊坦！"

没错，大象辨认出了他的声音。拉尼向它飞奔而去，接着迅速弯下腰，去掉了它脚上的那些残破的铁链。沙伊坦一重获自由，就用鼻子卷起奴役它的铁链，把它抛了出去。

拉尼差点儿被沙伊坦踩在脚下。

战斗又开始了，而且比之前更加激烈了。两个深沉的喉咙里同时响起了怒吼，两只庞然大物再次发起了冲锋。

战斗持续了好几个小时，双方实力的强弱非常明显。虽然这两头大象在力量上旗鼓相当，但是因为沙伊坦侧腹上的伤口流了很多血，所以它在战斗中处于劣势。那位老首领在每年春天的决斗中经历过宝贵的历练，而且根据所有的长期经验，它掌握了很多决斗的技巧。老首领是在保存体力，所以它几乎一动不动，只用它的一根象牙来抵挡对手的猛烈攻击。沙伊坦则在不断地发起冲锋，每次都差点被老首领那根刺穿它皮肤的象牙刺中。沙伊坦已经耗尽了自己所有的力气。

突然，拉尼看见它踉跄了一下。

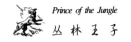

"沙伊坦！杀了它！"

但是老首领给了沙伊坦最后一击，它被打倒在地，受到了致命的伤害。

老首领看着沙伊坦倒在自己的脚下。然后，老首领在自己的子民面前，把膝盖重重地压在对手的身上，大声地发出胜利的吼叫。随后，老首领站起身，缓缓地踏上了行军之旅。它边走，边用它的鼻子拍打着伤痕累累的身体两侧，鲜血像猩红的雨滴一样滴落到草地上。

亚辛等待着，随后和首领一起从排成一队的象群前面走过。每一头大象都挥动着鼻子致意，大声地对它们的首领进行赞扬和致敬，恭喜它将继续它的光荣统治。

在首领的背后，大象族群排成了一排。首领的争夺战结束了，是时候继续漫长的旅程了。

一头巨大的公象用鼻子抓住亚辛，把他举到肩膀上。它是一头体型庞大的大象，也许有一天它也会走在族群的最前面。但是今天，它要等着母象和幼象列队走过后，在它们的后方充当护卫。

大象们开始全速前进。不久，一排排灰色的脊背就延伸到了远处的平原上。渐渐地，这群大象融入了阳光照耀下的金色薄雾中。

拉尼一直守在沙伊坦的身边，沙伊坦正竭尽全力地想要站起来。突然，拉尼听到一群骑马人的喊叫声，他们正催促着马儿从山顶上飞奔而来。卡拉那部落的人正在全力追击亚辛的象群。

丛林王子看见那群人疾驰而下，距离自己只有五百码远。他们抽打着马匹，马蹄扬起一片沙尘，正在追赶撤退的象群。

那些猎人一定已经意识到他们的陷阱被烧毁了。但是，他们还有其他捕捉大象的方法，现在他们打算攻击幼象。

卡拉那部落的人在头顶上挥动着他们的牛皮套索，很快就逼近一头小公象。就在他们即将追上的时候，他们抛出了套索，套住了那头小象的一条后腿。然后，他们用力抽打着马匹向前冲去，让套索的绳松开。在一棵高大的树旁，他们飞快地从马上滑下来，跑到树旁，拉紧了结实的皮带，而那头小象则在皮带的另一头挣扎着。

如果亚辛骑在沙伊坦身上，也许他会转身去阻止攻击者。

但是象群却在四处逃窜。

卡拉那人的冲锋在亚辛的象群中引起了恐慌，随后，这片空地上又恢复了平静。

在远处，越过平原，拉尼仍然可以看到亚辛骑在大象的脖子上，随着那群滚滚前进的巨象，越走越远。他不停地放箭，成功地击中了一个卡拉那部落的人，那个人从马背上滚了下来。但是，这并没有阻止其他人的进攻。骑手们一边高喊着，一边挥舞着头顶上的套索，策马追逐着这个领导着象群、在丛林中穿行的基昂部落的儿子。

与此同时，拉尼站在宽阔而空旷的空地中央，和沙伊坦并肩躺在草地上。在头顶烈日的照耀下，大草原再次笼罩在一片寂静中。

然后，丛林王子看到灌木丛慢慢地分开了。树叶间出现了两个高大的灰色身影，它们是两头母象。它们一直躲在那里，并没有跟着象群逃跑。

拉尼知道，当公象受伤站不起来的时候，母象会前去帮忙：它们会站在公象两侧，将它扶起来，然后护送它穿过灌木丛，前

往公象自己选择的沼泽地，在那里等待死亡的来临。

这些母象甩动着象鼻威胁拉尼，迫使他后退，为它们让路。它们来到这位年迈的首领身边，没有让它自生自灭。

两头母象要帮沙伊坦站起来。它们和沙伊坦说了些话，告诉它必须要配合它们。

两头母象把象牙放在沙伊坦背下作为支撑，然后屈膝往上抬。随后，母象用它们全部的力量将额头抵在沙伊坦那巨大的身躯上，经过几次尝试后，终于成功地协助沙伊坦摆正了身子。沙伊坦趴在地上，腿蜷缩在身下。现在，这头老象用象牙支撑着身子，发出一声可怕而低沉的呻吟，随后先伸直了一条腿，再伸直了另一条，慢慢地抬起了那庞大的身躯。

沙伊坦终于摇摇晃晃地站了起来。

随后，两头母象分别站在沙伊坦的两侧，肩并肩地紧贴着它，向内倾斜，就像两个巨大的支撑物一样。现在，它们要带着沙伊坦长途跋涉，穿越丛林，离开沙伊坦在首领争夺中落败的空地。

这头重新回到同伴身边的大象再也不会和它的族群一起上路了，但至少会像一个伟大的丛林领主那样庄严地死去。

大象们慢慢向前移动。丛林王子打算陪伴老纳格的这位朋友走完最后一程。

路途非常漫长。越过群山之后，草原再次出现在他们眼前。他们穿过了草原。当他们不得不穿过溪流或爬上陡峭的斜坡时，两头母象紧贴着沙伊坦那摇摇晃晃的身躯，各自用象鼻卷住它的一根牙。它的伤口已经不再流血。在一个水塘边，两头母象停了下来，让受伤的沙伊坦喝了点水。沙伊坦似乎恢复了一点体力，它抬起头，举起一直拖在地上的沉重的长牙。

穿过草原后，大象们绕过一个山丘，来到一处花岗石断崖下。就在那里，在花岗岩旁边，沙伊坦停了下来。两头母象明白，自此以后，老领主已不再需要它们的护送了，该是它们离开的时候了。

它们最后一次把鼻子缠绕在一起；然后，两头母象在踏上返回象群的小路前，停在断崖下，久久地注视着这位老首领远去的背影。沙伊坦并不孤单，身边还有一个男孩为伴。他赤身裸体，被太阳晒得黝黑，头上顶着一头浓密的黑色长发，披散在双肩上，宛如一头雄狮的鬃毛。这个男孩来自基昂部落，他懂得大象的语言。

拉尼和沙伊坦刚走进高高的草丛，它就停了下来。它现在已经积蓄了足够的力气，打算去完成最后的一段旅程，那是丛林王子无法行走的路途，所以老象弯下膝盖，让拉尼爬上了它的肩膀。

拉尼爬到沙伊坦的脖子上，骑在它身上，把两只巨大的耳朵当作皮护甲，盖在他晃悠悠的腿上。

拉尼永远不会忘记这段不同寻常的旅程，沙伊坦带着他穿越了一大片荒无人烟的广阔土地，一直走到日落时分。

沙伊坦喘着粗气，胸部仿佛打铁的风箱一样呼呼作响。它爬上一个长长的看不到尽头的山涧，两侧异常陡峭。

接着他们又来到了一片荒凉的草原，在阳光照耀下，那里弥漫着一片蓝色的薄雾，就像水塘上方的薄雾。

此时的地形一直往上升高，直到远方高耸的岩石山脉。卡拉那部落的宏伟高墙就耸立在那些山脉之间。远处，可以看到曼达

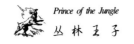

拉山脉那白雪皑皑的峰顶。

"前进，沙伊坦……"

拉尼用自己的声音鼓励着它，沙伊坦喉咙里发出了低沉的咕噜声。它的呼吸越来越嘶哑了。这头老象在峡谷里已经被绊倒过两次了。

不过，现在地面像稻田一样平坦了，只有几片红色的小树林零星地点缀在这一望无际的荒野上。

基昂部落的猎人从未冒险深入这块平坦的地带，这里的芦苇绵延不绝，随风摇曳。起风了，远处传来了隐约的雷声，预示着暴风雨即将来临。

此时，沙伊坦挺起胸膛大步向前走，穿过齐肩高的芦苇丛。

是的，人类从来没有到过这么远的地方，在这片寂静的沼泽地，老象凭着本能，在生命的最后一晚找到了自己的归宿。

当沙伊坦感觉脚下的泥土开始下沉时，便停了下来。它用长鼻卷住拉尼，把他放了下来，又用它那粗糙而布满皱纹的鼻子将他搂了一会儿，然后它拖着鼻子，迈着沉重的脚步，走进了那片广阔的淡绿色沼泽。

拉尼的眼睛一直追随着沙伊坦那黑色的身影，它越走越远，逐渐陷入了泥泞之中。

夕阳洒下了最后一抹红色的光线，就像一个火球般滚动着，然后坠落到了地平线以下。

现在，水已经淹到了沙伊坦的肩膀，它正在慢慢下沉。它的耳朵扇动了最后一次，在被吞没之前，它发出了最后的号角声。那声音就像战鼓声一样在沼泽上空回荡。这是一位伟大的领主对所有动物族群和丛林的告别。

丛林立刻做出了回应。

附近传来一声低沉的咆哮声，而且声音越来越大，最后变成了一声毛骨悚然的怒吼，让人心惊胆战。

那是沙卡的声音，是丛林之王的声音！

听着这个震耳欲聋的声音，丛林王子的心脏疯狂地跳动起来。接着，声音渐渐沉寂下去。拉尼现在听到的只是从粗哑的喉咙里发出的低沉咆哮声。

沙卡在召唤他。沙卡正等着他。沙卡在沙伊坦带他来的这片人类禁地上等待着他。

"高高的芦苇会分开……老虎将闪耀出现。"

是的，再过一会儿，拉尼就会看到身披华丽皮毛的丛林之王，它身上的黑色条纹就像是芦苇的影子一样。

于是，丛林王子拉尼缓缓分开高高的芦苇丛，朝着那个声音出现的方向走去。

十五、沙 卡

"沙卡！"

接着，老虎发出了粗野的怒吼。

它从红色陷阱的底部一跃而起，下巴上沾满了泥土和鲜血，它用爪子抓着周围的土墙，却又摔回到陷阱里。侧腹凹陷、气喘吁吁的老虎愤怒地在黏黏的泥坑里转来转去，它无数次想跳上去，但都没有成功。

"沙卡！"

愤怒得几乎要窒息的老虎再次积聚力量，准备拼命一跃。然而，它已经耗尽了最后一丝力气。

沙卡被困在这个陷阱里有多久了？它已经筋疲力尽，上气不接下气了。拉尼俯身看着这个卡拉那部落用来困住丛林之王的陷阱，同样也一筹莫展，心里感到非常恼怒。

在遥远的过去，第一个基昂部落的人和第一只老虎是如何相遇的呢？他们的力量肯定不相上下，而且都拥有强烈的自尊。他们也曾相互搏杀，然后握手言和，歃血为盟。

老虎的眼睛在陷阱里闪烁着绿莹莹的光芒，它停止了咆哮，抬头仰望洞口。此时，它正在倾听这个基昂部落的男孩说话。基昂部落的人都是它的臣民，但是他们已经不知道如何保护它的王国了。卡拉那部落的人从山上下来，在丛林中狩猎，仿佛这里是他们征服的领地一样。

很快卡拉那部落的人就会无所畏惧，肆无忌惮地入侵基昂王国，把战火烧到加拉德的城墙下。

"沙卡！"

拉尼从未对自己的力量感到如此自信、如此自豪。如果命运让丛林王子重返家园，他会信守他在陷阱边俯身许下的誓言。他会制定如钢铁般牢固的法律制度，治理好他的王国，击败他的敌人，把他们赶回山上。基昂部落将会迎来千年的和平。

那天晚上，拉尼出去打猎了。他潜伏在羚羊喝水的水塘边。他射杀了一只来自西卡族群的小羚羊。他把羚羊带到陷阱边，与沙卡分享了红色的肉块。然后，直到天亮，他都在树梢上守望，观察丛林。

卡拉那部落的人正忙着捕猎大象，过几天他们才会回来查看陷阱。尽管如此，拉尼还是担心自己会措手不及；他随时都会面临一群骑兵，他们会以绝对的人数优势击败他。

当老虎听到丛林王子的声音时，它在陷阱里渐渐地安静了下来。虽然距离很远，但它能够辨认出他的脚步声。当拉尼走近时，他可以听到老虎发出的低吼声。

沙卡知道这个基昂部落的孩子在为它猎食，不会再让它忍饥

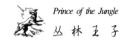

挨饿了。

夜幕降临，丛林之王沙卡填饱肚子，丛林王子拉尼俯身看向陷阱，用安抚伊斯帕希尔和沙伊坦的低沉嗓音，与沙卡进行长谈。老虎则会用混浊的呼噜声和低沉的咆哮声进行回应。然后，它会打打哈欠，伸伸懒腰，用爪子托住鼻子，就好像正在被人爱抚一样。

两天就这样过去了。拉尼只有打猎时才会离开陷阱。

在第三个晚上结束时，拉尼决定让饥肠辘辘的沙卡再等久一点才给它肉吃，看看能否再向它靠近一点。他从打猎的树林里带回来一根长长的藤条。他把藤条缠绕在长矛的杆柄上，并把长矛牢牢地插进陷阱附近的地里。随后，他把藤条沿着陷阱壁放下去。拉尼站在陷阱边，和这头野兽聊了好久，他才拿起藤条，带着一块鹿肉滑了下去。沙卡肯定会饿得狼吞虎咽地吃下这块肉。

但是当拉尼还悬在陷阱壁上时，沙卡就猛地一跃而起，用爪子抓住了他的肩膀。丛林王子被老虎的两个爪子压得喘不过气来，但是他小心翼翼地没有挣扎，而是和老虎一起滚到了陷阱底部。

拉尼能够感觉到老虎在他血迹斑斑的肩膀上呼出的热气，也能感觉到它那湿润的嘴唇从随时可能咬碎的獠牙上缩回时的善意。然后，几乎是一瞬间，它用那条粗糙的舌头粗鲁地舔舐着他，像是在爱抚他一样。

那天晚上，拉尼第一次躺在黑条纹皮毛的丛林之王身边。那天晚上沙卡在这位年轻的王子身上印上了五个爪印，所以这位王子在离开丛林后，将会像伟大的可汗一样，再次统治着基昂部落的领地。

整个晚上，拉尼彻夜未眠，他看着上方那一圈天空中的星星在缓慢地移动，心里想着自己的未来。老虎躺在很近的地方，拉尼就把头靠在它的侧腹上。

"沙卡，明天我们一起去打猎吧。"

第二天，拉尼帮助沙卡重新获得了自由。他到树林里去砍了树枝，捆成一团，带回陷阱边，还去割了几捆芦苇，然后把它们全都扔进了陷阱里。当陷阱快填满一半的时候，他招呼沙卡。老虎尝试了几次，终于爬上了那个摇摇晃晃的树枝梯子，最后成功地跳出了陷阱。

沙卡终于自由了。

为了表达它的喜悦之情，它向拉尼发出各种野性游戏的挑战。沙卡会跳起来，跃过拉尼的头顶，而后砰的一声落在他的身上，抱着他卧倒在地；接着，他们会一起在地上翻滚，把芦苇压得平平的。

"沙卡！"拉尼叫道。一听到它的名字，老虎就做出回应。它用后腿站立起来，高度和拉尼差不多，倚靠在他的肩膀上，同时把利爪都收了起来。

在这类游戏中，拉尼就像老虎一样轻盈而敏捷。一开始，老虎把他按住，几乎要把他压碎，然后又放开他。拉尼就像一只从猫爪下逃跑的老鼠一样，飞快地跑开。跳起三次以后，老虎将拉尼扑倒在地，游戏就这样继续下去，直到他们都累得气喘吁吁。

他们一起去小溪边喝水。然后，在一天中最热的时段里，他们都在树林深处并排躺着休息，等待着夜晚狩猎带来的乐趣。

月亮还没有升起来，他们就躺在树林边等待着，注视着已经

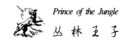

开始泛起绿意的平原。羚羊会经过这。微风吹过大草原，丛林中传来了模糊而混杂的声音。即使那些声音听起来非常遥远，老虎和丛林王子也能一一地分辨出来。

"是奇吉尔！"拉尼低声说道。

拉尼告诉沙卡基昂部落给各个族群取的名字。

"奇吉尔！"

老虎低吼了一声。

在恒河岸边，那条宽广平原的尽头，黑豹们正在攻击水牛。

"还有西卡！"过了一会儿，拉尼说。

和拉尼一样，老虎也能分辨出大羚羊发出的嘶嘶声。当羚羊群受到惊吓时，高大的公羚羊就会发出这种声音来安抚受惊的母羚羊。

"还有坎加！"

那只豹子刚刚完成了猎杀。

整个丛林都在行动。

不一会儿，羚羊的身影从黑暗中隐约出现，但是仍然有些模糊不清。一看见它们，拉尼就迎着风向它们跑去，想要绕到它们的身后。离羚羊群不到两百步的时候，他开始慢慢地、悄悄地向它们靠近。他想挑选出一只胸部雪白、长着竖琴状犄角、英俊的公羚羊。公羚羊跑走了，但是拉尼穷追不舍。他穿过一丛丛高大的竹林，最后在老虎潜伏的丛林边缘用箭射倒了羚羊；接着老虎一掌就拍死了猎物。他们一起享用了这顿热乎乎的血腥大餐。

接下来的几个晚上，拉尼和沙卡在丛林中搜寻，一直狩猎到天亮，白天则躲在茂密的灌木丛中。

当暮色悄悄地潜入灌木丛时，他们就会走出灌木丛。

每天晚上，在最高的树梢上，丛林王子总能看到一群长着黑翅膀的秃鹫。它们在天空中不辞劳苦地追随着丛林之王前进。每当他们停下来时，秃鹫们就会聚集在树梢上，窥视着他们享用刚捕杀到的猎物的盛宴。不久之后，它们就会与鬣狗和豺狼争夺食物。

拉尼喜不自胜。

拉尼和丛林之王沙卡一起漫游的这片广阔的土地，既属于他，也属于沙卡。拉尼常常会想起老纳格，纳格曾预言，未来他肯定会大有作为。

从点燃火把的那一夜起，已经过去了好长一段时间，那时孩子们把他们色彩明艳的外衣挂在纳迦神庙旁的树丛里，把他们的名字交给了蛇神保管！

他已经远离了人类的世界——加拉德，那是他父亲的宫殿，塔妮特正在那里等着他；还有大象营地、高大树木下的铁桩，纳格曾在那里把他的草垫铺在沙伊坦的两腿之间。

丛林没有让拉尼免于任何考验，但拉尼从未失去信心，从未胆怯。他一直相信他的命运。即使在那些最糟糕的时刻，丛林王子也从未放弃希望，他坚信总有一天他会见到沙卡，重新缔结丛林和基昂部落之间的盟约。

然后，拉尼憧憬着那个最美好的时刻，他很快就会走出丛林，前往神庙，请求蛇神返还他的名字：拉尼·汗！

拉尼·汗既是他的名字，也是他作为部落首领的头衔。

新月第三次升上了天空，标志着男孩们在丛林隐居历练生活

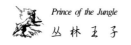

的结束。

沙卡和拉尼沿着恒河边的山脉，向上游走去，接近山脉外围的峭壁。在那边有一座山脉的分支一直延伸到一片松树林，步行两三天应该就能到达拉尼和伊斯帕希尔曾经骑行的那条山路。

因此，沙卡带着拉尼周游了它的王国之后，又陪同这位丛林王子前往了它的领土和卡拉那部落的山脉之间的边界。在那里，他们将互相告别，因为那条路是通往人类居住地的起点。

一天早上，拉尼和沙卡打猎回来时，发现了马蹄的踪迹。就在不久前，卡拉那部落的人也从那里经过。他们并没有全部骑马，还有一些人在步行，他们正在看守捕获的大象。这些大象被两两地绑在一起，用坚固的木梁绑在它们的象牙上，就像牛轭一样。拉尼注意到了它们成对的脚印。这是山地骑手们捆绑俘虏的方式，跟基昂部落的猎人不同的是，他们用已驯化的大象来押送刚捕获的大象。两头大象被绑在一起，被长矛刺着前行。当其中一头大象想要逃离时，就会受到另一头大象的牵制。

大规模地驱赶大象之后，卡拉那部落的人想在季风带来的暴雨把他们赶出丛林之前，通过山脉的隘口返回自己的领地。

一天，沙卡和丛林王子躺在一条草丛覆盖的沟渠里休息，那条沟渠就在猎人们走过的小路附近。老虎不喜欢阳光，所以总在黎明时溜进最茂密的灌木丛的绿荫下，一直睡到晚上。丛林王子也变成了夜行动物。但是，今天早晨，当他发现了这些新的足迹之后，他无论如何也睡不着了。

他把武器留在沙卡身边，沿着小路去侦察。这条小路通向林地，前面的路略微宽一点。走了大约一个小时，拉尼突然听到了马蹄声。毫无疑问，是猎人在追踪野猪或羚羊。

拉尼躲在灌木丛中，希望能看到被追捕的猎物。然而，他看到的是远处的骑手——俯身紧贴着马颈，在全速前进。

他怎么才能阻止那个骑手呢？要是拉尼带了弓箭就好了！

或许可以爬到树上，爬到小路上方的树枝上，当骑手从下面经过时，一下子扑到他身上？这是丛林王子的第一个想法，但是已经来不及爬到树枝上了，因为飞奔的骑手几乎就要到跟前了。

拉尼做好了起跳的准备。他从灌木丛中一跃而出，距离那匹马只有几步之遥时，马儿突然停住，四只蹄子往回一收，直立起来。拉尼扑向滚在地上的骑手。

"拉奥！"

"我偷了他们的一匹马，"男孩说，"他们在追我。快跑！"

拉奥累得气喘吁吁。摔倒时，他没有松开手里的缰绳，马正在疯狂地跳来跳去。

"抓住它，跳到我后面去！"

他们跳上了马，拉尼坐在后面。拉奥立刻用脚后跟猛踹马腹，让马匹迅速掉头，接着用力勒紧缰绳，以便顺利越过路边的树篱。

当他们穿过树林时，那匹兴奋的马儿从骑手的手中挣脱缰绳，冲过高大的树丛，横冲直撞，毫无畏惧。这匹卡拉那人驯养的马真不错！它似乎没有感觉到两个骑手的重量，一路飞跃，迈过每一个障碍，跨过倒下的树干和泥坑。最后，拉奥设法抓住了缰绳，让马停了下来。

"他们找不到我们了，"他说，"等他们找到我们的踪迹时，我们早已经跑远了。"

拉奥把他们的马拴在一棵树上，带着拉尼走进一条遍地都是石头的深邃峡谷，两岸的峭壁将他们很好地掩藏了起来。

"我知道他们在哪个地方扎营了。"红发男孩说。

"你就是从那儿来的吗？"

"是的。"

"他们的人很多吗？"拉尼问道。

"有二十个左右。但当我遇到他们时，只有几个人在留守。我偷了一匹马。卡拉那部落的一个人发出了警报。我这样做是为了向你发出警示，因为我知道你会沿着山路上来。"

"自从上个月以来，"丛林王子说，"我还没看到过哈努曼族群的踪迹。"

"哦，两天前，当我离开灰猴子时，偶然间在远处看到了你。"

"你看到我了吗？"

"是的。"

"是和沙卡在一起吗？"

"是的，"拉奥说，"是和它在一起。在你狩猎回来的途中。拉尼，整个丛林都已经知道沙卡和谁在一起狩猎了。"

"卡拉那部落的人很快就会知道的，"拉尼大笑着说，"他们捕获的猎物多吗？"

"有五六头小象，"拉奥说，"还有四头母象和两头公象。他们还俘获了……"

拉奥停住了，他看着他的朋友。

丛林王子已经猜到了。

"拉奥！卡拉那部落的人抓住他了吗？"

"是的。"

"把他杀死了吗？"

"还没有，"拉奥说，"但是他们肯定折磨过他。"

卡拉那部落的人俘虏了亚辛。他的命运将和老纳格一样，老纳格也曾是沙伊坦象群的首领。亚辛将会被挖去双眼，然后被扔进那杰拉巴德的地牢。

"今晚你能带我去他们的营地吗？"拉尼问道。

"我和你一起去。我们两个都去。"

他已经猜到了丛林王子的想法：自从拉奥跟哈努曼的族群——那些不杀生的灰猴子——生活在一起后，他就不再携带武器了。

"哈努曼族群的规则是只禁止我猎杀动物，"拉奥说，"我会跟你一起去的。"

那天晚上和丛林王子一起狩猎的不是沙卡。老虎半闭着眼睛看着拉尼出发。这一次，拉尼不会穿过树林去追踪西卡族群的一只小鹿或小羚羊，并把它们赶到沙卡的身边了。那天晚上他要去解决人类之间的恩怨。

当拉尼和他的朋友看到卡拉那族人的营火时，天已经漆黑一片。猎人们用泥土和竹栅栏搭建了一个大营地。

在营地所在的空地的入口处，马被拴在树下，脚边都放着草料。拉尼数了一下，共有四匹马。"他们只留下几个人看守，"拉奥说，"但是还有二十多个骑手，还不包括那些驱赶动物的人。其他人一定是拿着火把出去打猎了。没错，看，就在那儿。"

在远处的大草原上，可以看到火把的黄色光点在来回移动。

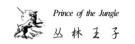
"他们正向远处行进,"拉奥说,"他们刚离开营地。如果我们早到几分钟的话,就会直接撞见他们了。"

两个男孩紧贴着树林的边缘向前匍匐前进。

"大象。"拉奥说。

拉尼也看到了它们。它们被麻绳捆住一条后腿,绑在树干上。在拱起的树枝下,它们漆黑的身影几乎无法辨认出。就在一百多步开外的地方,在第一头大象的旁边,亚辛被五花大绑,就像跟他曾经一起生活的野生兄弟一样,躺在地上,一动也不动。拉尼现在可以清楚地看到亚辛脸朝下,嘴巴使劲地去够一碗水,但怎么也够不着,他正在经受干渴的折磨!

在这个沉睡的营地里,看守的人在哪里呢?在即将熄灭的火堆旁,只有余烬中泛起的微光,却不见人影。

首先,必须要解救亚辛。但是,他们怎样才能接近亚辛,而又不被那个看不见的守卫发现呢?

拉尼和他的朋友在浓密的灌木丛尽头停了下来,那里有一棵高大的无花果树,它的树枝覆盖了一片宽阔的沙地。沙地上光秃秃的,连一根草都没有,所以冒险走出去是不可取的。

"上树!"拉奥低声说。

如果他们像猴子一样,从一根树枝跳到另一根树枝,也许就有可能到达亚辛所在的那棵树的上方,然后顺着树干滑到亚辛身边。拉奥正准备爬树,拉尼阻止了他。

"让我去吧,"拉尼说,"拿着我的长矛。"

丛林王子凭借缠绕在一起的藤蔓,攀爬到那棵无花果树的最高的树杈上。唯一能够让他到达亚辛身边的那根长树枝已经腐烂

186

了。拉尼感到在自己的重压下，那根树枝随时会断裂。他紧紧地抓住树枝，慢慢地爬过去，生怕在他还没来得及跳下去之前，树枝就断裂了。拉奥目不转睛地看着他的朋友双手吊在树枝上，摇摆了几下，然后成功地落到了一根纤细的树枝上，眼看那根纤细的树枝就要断裂了，幸好拉尼落到了下方一根结实的树干上，双手紧紧抓住树干，手指都抠进了树皮里。随后，他像豹子一样敏捷地滑到了地面上。

亚辛睁着迷迷糊糊的双眼看着上方，嘴里沾满了嚼过的草和泥土。当拉尼用匕首把他手腕和脚踝上已经嵌进肉里的绳索割断时，亚辛迫不及待地扑向那碗浑浊的水，喝了个底朝天。

"你能走吗？"丛林王子一边扶他起来，一边小声说。

"能。"亚辛说。

"看守人在哪里？"

"刚才我看见他在马的旁边巡视。其他人都睡着了。"

"大象认识你。"拉尼说，"不要让它们受到惊吓，否则它们会发出警报。你必须要割断它们的绳索。给，用我的匕首。还有……"

但是他的话还没说完，亚辛就喊了起来：

"拉尼！"

拉尼倒在地上，肩膀被长矛刺中了。

"小心，拉尼。"

丛林王子突然放下武器，滚到地上。一个人忽然从树丛中跳出来，扑向拉尼，把他扑倒在地，跪在他的胸前，举起了匕首；拉尼紧紧抓住攻击者的手腕，竭尽全力地进行抵抗，企图将刺向

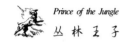

他喉咙的刀刃推开。尽管拉尼呼吸非常困难，但是他还是声嘶力竭地喊道：

"亚辛！快！大象！"

其他卡拉那部落的人从睡梦中惊醒，大声叫喊着冲出了营地。他们遭到了攻击，但是不知道敌人的数量。拉尼看到三人中的其中一个回到火堆旁，点燃了一枚中国火箭的引信；随后，他拉开弓，向天空射出这枚火箭，发出了信号。

在大草原上骑行的卡拉那部落的人会看到从他们营地上方升起的火箭。他们离得不远，骑马疾驰的话，很快就能返回营地。

最后，丛林王子终于挣脱了束缚，把攻击者打倒在地。他抓起匕首刺了过去。然后，他跳了起来，去对付其他卡拉那部落的人。当卡拉那部落的人冲上来时，拉奥边喊着基昂部落的战斗口号，边冲了过来。

一场生死之战拉开了序幕。

拉奥和丛林王子呐喊着互相助威，像疯子一样与敌人展开了搏斗。山地猎人也进行了激烈的防御，其中一个人的胸部中了一矛，滚到了拉奥的脚边。当他在沙地上被拖行时，他抱住了红发男孩拉奥的双腿，想要把他放倒。

拉奥怒不可遏。他扔下长矛，弯下腰，抓住那人的身体，把他扔向一棵十步开外的大树。随后，他冲过去帮助拉尼。此时，拉尼正在跟两个人混战。

其中一个卡拉那部落的人成功地从混战中挣脱出来，拔腿就跑。另一个人之前用匕首刺伤了拉尼，在与拉奥进行了一番搏斗之后也安全脱身，追向了他的同伴。

那两个人会成功逃走吗？

"耶——嗬，亚辛！"拉尼喊道。

拉奥和丛林王子看到那两个人在火堆旁突然停了下来。他们惊恐万分，举起手臂，好像在保护自己的脸。他们还没来得及回头看，就被冲过来的巨大黑影撞倒在地，踩踏成了肉泥。

原来亚辛割断了大象的绳索，在后面大喊着驱赶大象，将它们赶回丛林中。

"快，上马！"拉尼喊道。

但为时已晚。

猎人们挥舞着火把，策马回到了营地。大象横冲直撞地冲进了奔跑的马群，把他们的队伍撞得七零八落。

箭嗖嗖地朝三个男孩飞来。他们跑向营地，去那里找武器——弓以及卡拉那部落的骑兵用来攻击大型猎物的长矛。就在骑兵们向他们飞奔而来的时候，拉尼和他的同伴们已经背靠营地的墙壁，准备迎战。

他们第一次射出的箭把两个骑手从马上射了下来，但几乎立刻，男孩们就被围困住，他们不得不退到栅栏边。他们现在唯一能做的抵抗就是顶住骑手的进攻，用手中的长矛去阻止马匹靠近。

卡拉那部落的人知道他们的敌人已经在他们的掌控之中，想逃跑是不可能的。事实上，三个男孩已经成为了俘虏，被困在这群恶魔般的骑手间。骑手们站在马镫上，边大喊大叫，边向三个男孩投掷长矛，接着从他们身边疾驰而过。熊熊燃烧的火把将这一切变成了恐怖的狂欢，一场狂野的死亡舞会。

对于这些来自山区的野蛮人来说，用箭或矛将这三个俘虏钉

189

在竹栅栏上简直是易如反掌。然而，他们想要抓活的。当卡拉那部落的人策马而过时，他们开始挥动套索。亚辛的长矛被从手中套走了。

"救命啊，拉尼！"

拉奥在地上翻滚着，他试图抓住竹栅栏，但却被硬生生地拉开了，因为他的身体已被套索套住了。拉尼纵身一跃，冲过去割断了套索，救出了他的朋友。

在这三个基昂部落的孩子周围，火把跳动得越来越快。拉尼无计可施。他迫不及待地想要与他们拼死一战。无论如何，卡拉那部落的人都休想活捉到他！

丛林王子击倒了一个骑手。他从栅栏上拔下一根长矛，猛地向前刺中了那名骑手。那个骑手的马受到惊吓，高高地扬起了前蹄，就在它的前蹄落地的一刹那，丛林王子抓住了马鬃，一跃而上，双脚踏进皮制的马镫，飞奔起来。随后，他放低长矛，冲进骑手群中，冲进了夹杂着乱哄哄的马嘶声和卡拉那骑手的狂野喊叫声之中。

"耶——嗬！"

拉尼肯定在劫难逃，但他还是要拼死一搏！

前两个想要对付拉尼的卡拉那骑手从马背上摔了下来。其中一个人，喉咙里插着一根长矛倒了下去，但是他仍然紧紧抓住捆绑马鞍的肚带，被拖行了一段距离，最后落在拉尼的马下。就在快被马蹄踩到的那一刻，另一个卡拉那人用匕首割断了马的一根肌腱。马匹应声倒下，丛林王子从马上滚了下来。他挣扎着从满是千疮百孔的马尸下爬出来，是那匹马给了拉尼十分及时的保护。

"耶——嗬！"

拉尼满脸是血，视线模糊，但他仍然坚持战斗，在卡拉那部落的人的包围中挥动着长矛。

"耶——嗬！"

丛林王子最后一次发出了战斗的呐喊。

眼看一切都要结束了。

突然，树林里传来一声毛骨悚然的吼叫声。

所有的马匹都惊恐地扬起了前蹄。当丛林之王现身时，卡拉那部落的人就像他们的马匹一样惊恐万分，甚至都无法控制自己的马了。

"拉奥！亚辛！冲啊！"

拉尼身后的两个男孩顿时热血沸腾，再次发起了攻击。他们猛地扑向受惊马儿的头部，紧紧抓住缰绳，将敌人从马背上掀下来。

卡拉那部落的人惊惶失措起来。

"沙卡！"拉尼喊道。

老虎咆哮了一声。

"杀啊！"

老虎的出现引起了极大的恐慌，现在它又跳过去，用尖牙和爪子撕咬着。老虎的每一次跳跃都让马儿惊慌，它们在奔跑中乱撞，摔倒在地，甚至把自己的骑手踩在脚下。

"耶——嗬！"

卡拉那部落的人四处逃散。那些已经成功逃脱的人骑着马奔向了树林。他们大声呼喊着催促马儿前进，同时将武器和火把扔

进灌木丛，灌木丛立刻熊熊燃烧起来，形成了一道火墙，将他们和对手隔开，阻止了追击。

干燥的灌木丛开始像稻草一样燃烧起来，火势蔓延到了松树上，并沿着山坡一直向上延伸。火焰冲天而起，火苗从树木底部迅速扩散到了顶部，犹如火炬一般。

丛林王子跑到树林里，解开四匹马的缰绳，否则它们会被活活烧死。拉奥和亚辛牵着马儿离开，在它们腿上绑上绊绳，将它们拴在附近。

三个男孩围坐在篝火旁烤着一匹马的后腿肉，等待黎明的到来。他们都一声不吭地吃着肉。

这是他们在丛林中度过的最后一晚了。

战斗结束时，当卡拉那部落的人用火把点燃了灌木丛后，沙卡就不见了踪影。这次，也是最后一次，孩子们听到了远处丛林里传来了它那洪亮的吼叫声。沙卡在基昂部落之子——丛林王子的肩膀上留下了五个爪印，与他续订了盟约，随后就回到了自己的丛林子民中间。

拉奥和亚辛现在打起了瞌睡，拉尼则开始思考着未来。他将带领那些曾与他的父亲提吉·汗并肩作战的战士们，越过高山，围攻卡拉那部落的巢穴，攻陷那杰拉巴德。

夜晚结束了。

天一亮，拉尼、亚辛和拉奥就骑上马，向山上走去。他们打算沿着巴拉班乔的道路前行，这条路穿过丛林边缘，一直通向加拉德。

他们沿着石径穿过狭窄的峡谷。

当他们来到那条红土小路时，拉尼和他的同伴们很快发现，地面上有强大的骑兵队伍经过的蹄印以及卡拉那部落的战车留下的车辙。

卡拉那部落的人成群结队地从山上的老巢骑马下来，但是这次来的不是猎人，而是战士。一千多名骑兵带着武器、火把，趁着夜色，从这里侵入了基昂部落的领地。

战斗即将打响！

那天晚上，他们的马匹都快跑得精疲力竭了，丛林王子和他的同伴们到达了纳迦神庙，它位于大象营地所处的高地脚下。他们看见加拉德一片火红！

平原上、城镇中火光冲天，稻田里烈焰腾空，战斗正在如火如荼地进行着。敌人占了上风。在卡拉那部落骑兵的不断攻击下，虽然基昂部落的子民们顽强抵抗，但终究还是寡不敌众，几乎处于崩溃的边缘。他们被迫后退到河边，马儿的肚子深陷泥泞中，眼看就要被逼入恒河沿岸的沼泽地里。

谁能帮助他们摆脱困境，避免这场灾难呢？

敌人还没有包围上面的高原。唯一生还的希望就是沙伊坦兄弟的庞大骑兵队。

"大象！"拉尼大喊道。

亚辛和拉奥催促着疲惫不堪的马，跟着丛林王子飞奔而去，爬上了通往高原的陡峭斜坡。

十六、拉尼可汗

　　基昂部落的领土上再次战火四起、血肉横飞。加拉德变成了一片废墟。恒河沿岸的居民区，曾经成千上万的居民居住的棚屋，现在已被彻底摧毁，只剩下一堆堆冒着青烟的灰烬。

　　火势凶猛，恒河好像也被点燃了一样，并将灾难带到了下游，每一条驳船，每一条舢板，以及沼泽地里所有的稻谷，都已被火焰吞噬。

　　整个城镇都得重建，一块一块地重建，烧焦的平原也得重新播种。

　　但是今天，在灿烂的阳光下，在只剩下大理石柱屹立的卡利神庙前，身着丧服的人群聚集在那里，向他们的王子致敬。

　　游行队伍的号角已经吹响了。

　　广场的上空盘旋着放飞的白鸽。丛林王子在战斗最激烈的时候出现在这里，率领着他的大象队伍冲锋陷阵，从卡拉那部落的骑兵队伍中，硬生生地开辟了一条宽阔的通道。敌人本以为胜利在望，突然遭到这意外的猛烈攻击，一时手足无措，根本无法应对丛林象群排山倒海的冲击。大象们浩浩荡荡地向前冲，不仅使马儿惊惶失措，而且将敌人连同马儿一起踩在了脚下。敌军乱作一团、溃不成军。

在这场疯狂的冲锋中，亚辛和拉奥带着他们的大象成功地支援了仍然顽强坚持作战的一支基昂部落的军队——提吉·汗曾经的战友们，其中有孔护卫和帕尔卡·帕拉尔，但是他们两人都身负重伤。丛林王子也在激烈的战斗中看到了卡利神庙的大祭司，他站在马镫上，浑身是血，与其他战士并肩作战，临死还举着长矛直接向卡拉那人发起了最后的冲锋。

丛林王子跳上一匹失去骑手的马，然后策马往前冲去，以最响亮的声音喊着基昂部落的战斗口号。每个人都听到了年轻的王子发出的号令。他骑着战马，在人群中疾驰，鼓舞着这边的弓箭手坚守阵地，激励着那边快要溃败的骑兵重新战斗。他让所有的人都振奋起来，让他们再次发起进攻。

战斗整整持续了一夜。黎明时分，卡拉那部落伤亡惨重，最终放弃了战斗。

这一切都发生在一周前。

提吉·汗宫殿也没能幸免于大火，丛林王子站在宫殿的露台上，俯瞰着他的城镇，那里已是一片废墟。他又想起了稻田，那里连土地都被烤焦了；还有广场上在耀眼的阳光下静静等待的人群。

站在他旁边的是他最忠诚的两个伙伴：一个是他从卡拉那部落的监狱里救出来的亚辛，另一个是拉奥。

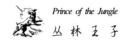

在下面的石砌庭院里，马儿们不耐烦地用蹄子刨着地面，等待着游行的开始。

一切准备就绪。现在大家都在等待拉尼的指示。

塔妮特刚刚给他带来了可汗曾穿过的金色长袍，但是丛林王子拒绝穿上这件雍容华贵的礼服。

他是从沙卡的丛林归来的，就像第一任基昂部落的首领一样，与老虎缔结了盟约。当第一任基昂部落的首领回来开始他的统治时，他发现他的部落驻扎在恒河岸边的荒凉平原上，而另一边是沼泽地，除了芦苇之外，什么也没有生长。整个部落的人等待着首领发话，毕竟他们对于未来茫无所知。

首领说："这片土地是属于我们的。我们要去猎捕，我们是沙卡丛林的唯一主人，我们将播种稻田，并且要在这里建造我们的城镇。"

远处的广场上，号角声再次响起。

拉尼从露台上走下来，加入了他的护卫队。他带着塔妮特上了马，准备把她介绍给他的族人。他们骑上马准备开始游行。

"拉尼·汗！"

甚至在他出现之前，人群就为这位丛林王子、这位即将统治他们部落的年轻首领欢呼起来。

"拉尼·汗！"

今天，丛林王子将重新履行一千多年前第一任首领对他的子民做出的承诺。人群将跟着拉尼·汗来到河边。在那里，就像从丛林归来、与沙卡缔结盟约的第一任基昂部落的首领一样，拉尼会在恒河的泥沼中撒下第一把稻米。